「わかりますか？　俺と璃炎さまはひとつに繋がっている」
璃炎は忙しなく息をつきながら首を振るが、
身体はしっかり耿惺の与える快楽を貪っている。
「やっ、……ど、うして、こんなこと……っ」

花冠の誓約 ～姫君の輿入れ～

秋山みち花

LiLiK Label

大誠社リリ文庫

本作品はフィクションです。
実在の人物・団体・事件などには一切関係ありません。

Contents

イラスト／みずかねりょう

一

「璃炎《りえん》さま……璃炎さま！　どちらにおられますか？」

「璃炎さま！　お願いでございます。どうか、隠れていないで出てきてくださいませ」

侍女たちが甲高く呼び立てる声を耳にしながら、幼い璃炎は庭園の一角で咲き誇る芍薬《しゃくやく》の陰でじっと蹲《うずくま》っていた。

空色と薄い茜《あかね》色の深衣《しんい》を重ね、下肢にはそれより少し濃いめの青い裳《しょう》、それに金糸や銀糸で縫い取りを施した帯。胸や腰、腕にも宝玉をいくつも使った飾り物を帯びている。

ゆるやかに波打つ髪は、この国の者には珍しく赤みがかった金色だ。頭頂部で一部分のみをまとめてきれいな玉《ぎょく》のついた簪《かんざし》を挿し、あとは華奢な背中に垂らしている。まるでそれ自体が豪奢《ごうしゃ》な宝物のような輝きを放つ見事な髪だった。

そして色白の貌《かお》は、見た者をはっとさせるほど可愛らしく整っており、中でも瑠璃《るり》色の瞳がことのほか印象的な少女だ。

「今日こそ、外へ出るんだ」

豪奢な衣装をまとった璃炎は、堅い決意とともに呟いた。

四百年近く続いた偉大な大昂国《だいこうこく》の都――。

そこからさほど遠くない地にある館は広大な敷地を有し、庭園の造りも他に類を見ないほど美しい。贅《ぜい》を尽くした館は璃炎のためだけに建てられた別邸だった。

何故なら璃炎の養父は、三公に次する高い位にあったからだ。

母はすでに他界し、宮中に参内《さんだい》する養父はいつも忙しい。侍女をはじめ、大勢の使用人が仕えているが、璃炎は心を許せる相手もなく常に寂しさを感じている状態だった。

そのうえ教育係の者たちが毎日うるさく通ってくる。朝から晩まで何かしらの講義を受け、あるいは管弦や詩歌の修練に勤《いそ》しむ。そんな毎日は窮屈《きゅうくつ》で仕方がなかった。

それに璃炎は同じ年頃の子供と遊んだこともない。館は充分以上に広いけれど、外へ出ることも禁じられていた。

同じ年頃の子供と遊ぶのが難しいなら、せめて館の外の世界をひと目だけでも見てみたい。

璃炎はそんなささやかな望みを抱き、逃亡を企《くわだ》てることにしたのだ。

侍女たちの目をごまかして、使用人が出入りする裏門を使えば、きっと外に出られるに違いなかった。何も大それた望みを抱いているわけではない。ただ、外の世界がどうなっているか、ほんの少し自分自身で見てみたいだけだ。

侍女たちの声が徐々に遠くなり、璃炎はそっと花陰から立ち上がった。

館内の庭園はぐるりと巡らせた土塀で、いくつかの区画に分かれている。その塀伝いに移動すれば目立たないだろう。

飾りの多い衣装は重く、長い裾も足に絡まって動きにくかったが、璃炎は外の世界が見たい一心で、懸命に裏門を目指した。

しかし途中まではうまくいったものの、思わぬ障害にぶつかってしまう。

庭を区切る塀伝いに歩いてきたが、隣へ移るための出入り口がない。いったん館の回廊に戻るしかなかった。

運の悪いことに、回廊には大勢の侍女たちが行き交っていた。こっそり近づいたとしても、隣の区画に移る前に、誰かに目ざとく見つけられてしまいそうだ。

あとはもう塀を乗り越えでもしない限り、先へは進めそうもない。

璃炎は身の丈よりずっと高さのある塀を、恨めしく思いながら見上げた。

頑張って飛びついたとしても、塀の上に手が届くとは思えない。

何か他にいい方法がないかとあたりを見回すと、塀のそばに背の高い木が植えられているのが目についた。張り出した枝がちょうど塀に向かって伸びている。

この木に登り枝から塀に飛び移れば、侍女に見つからずに隣の庭に行けるかもしれない。

そして、その庭の先に外の世界に通じる裏門があるはずだ。

問題は重い衣装を着たままで木に登れるかどうかだったが、子細に観察すると、太い幹には手や足をかけられそうな瘤《こぶ》がある。

これならなんの取っかかりもない塀よりずっとましだ。

「大丈夫。きっとうまくいく」

己を鼓舞するように呟いた璃炎は、その場で重い裳を脱ぎ捨てた。

空色と薄い茜色を重ねた深衣だけになれば、少しは身軽になる。そして璃炎はその深衣の裾をまくって帯の間に挟み、いよいよ太い幹をよじ登り始めた。

剣を習い、馬にも乗るが、木登りなどするのは生まれて初めてだ。けれども生来《せいらい》の敏捷《びんしょう》さにも助けられ、璃炎は両手で幹に取りつき、なんとか高度を稼いでいった。

目的の枝に到達する頃には息が上がり、額にうっすらと汗も浮かぶ。

けれど、こんなに楽しいのも生まれて初めての経験だった。

ふと頭上を仰ぐと、繁った葉の隙間から真っ青に澄みきった空が見える。火照《ほて》った頬に当たる微風も心地よく、璃炎はしばしの間、清々しい開放感に浸った。

館の中で大勢の大人に囲まれているだけでは、絶対に味わえないものだ。

木登りなどしていることが見つかれば、侍女たちはどれほど驚くか。気の弱い乳母など卒倒してしまうかもしれない。

ちらりと脳裏を掠めた光景に、璃炎はくすくすと笑った。

だが今は、この冒険をやり遂げることが大切だ。

璃炎はそっとあたりの様子を窺《うかが》いつつ、そろそろと枝の先へと歩き出した。

しかし、庭の泉水に架けられた橋を渡るように簡単にはいかない。枝はかなり先が細くなっており、子供の体重でもぽきりと折れてしまいそうなのだ。

塀はまだだいぶ先だった。でも、ここから大きく飛びつけば、なんとか塀に届くかもしれない。

いや、絶対に塀まで飛んでみせる。

そう決意した璃炎は、果敢《かかん》に跳躍《ちょうやく》を試みた。

両手を鳥の翼のように広げ、少しでも遠くへと強く足を蹴る。

璃炎は軽々と飛んだ。

しかし、塀の上に飛び下りたはいいが、勢い余って、つるりと足を滑らせてしまう。

「あぁっ！」

体勢を整える暇はない。

地面に叩きつけられる衝撃を覚悟して、璃炎はとっさに目を閉じた。

が、璃炎の身体はその前に何かやわらかなものにぶつかった。

「危ないっ！」

叫んだのは少年の声。

その瞬間、璃炎の身体は何かで受け留められていた。

痛みも何もなく、怖々目を開けてみると、すんでのところで自分をつかまえてくれたのは、十四、五歳ほどの凛々《りり》しい少年だった。

塀のそばに立っていたらしいが、いきなり上から璃炎が落ちてきたのだ。どれほど驚いたことだろう。

しかし少年はほっそりした見かけを裏切って、何歩か蹈鞴《たたら》を踏んだものの、転ぶことなくしっかりと立ち尽くしている。

両腕で横抱きにされたままで、璃炎はまじまじと少年の貌に見入った。

少年もまた、息をのんで璃炎を見つめている。

染めつけも飾りもない、ただ洗いざらしただけの質素な筒袖の上衣と下衣を着ている。肩先まで伸びたぼさぼさの髪は結んでさえいない。

今までほとんど目にしたことはなかったが、この格好からすると、少年は奴僕《ぬぼく》なのだろう。けれども少年の面にはどことなく品があった。この国の者はほとんどが黒い目をしているのに、少年のそれは自分と同じで青く澄みきっている。

とにかく、この者が受け止めてくれて助かった。そうじゃないと、今頃足を折るような大怪我をしていたかもしれない。

「大丈夫ですか？　怪我はなかったですか？」

涼やかな声をかけられて、璃炎は無謀《むぼう》な真似をしたことが恥ずかしくなり、ほんのりと頬を染めた。

少年は話し方も丁寧で、やはり奴僕とは思えない。

とにかく助けてもらった礼を言わねばと、璃炎は口を開きかけた。

「あ、ありが……」

けれどそれを遮るような大音声が庭中に響き渡る。

「り、璃炎、さまっ！　な、な、なんとしたこと！　大事ございませんか？」

泡を食ったように駆け寄ってきたのは、この館の主、そして璃炎の養父でもある呉丁玄《ごていげん》だった。

敬語を使われるのは、璃炎の本当の身分が、養父のそれを上回っているからだ。

丁玄は太った身体を真紅の朝服に包んでいる。白髪混じりの頭に被《かぶ》った冠が、慌てたせいかずれていた。両腕を差し伸べてくる養父は、心配そうに目を細めている。

養父の貌を見て、璃炎は今日の冒険が失敗に終わったことを悟った。

養父に見つかってしまえば、もう外へ出ることなど叶わない。

冒険を諦めた璃炎は、瞬時に身分に相応《ふさわ》しい殻《から》を被った。

「無礼者！　いつまで私に触れている？」

叱責は、いまだに璃炎を抱いていた奴僕の若者へと向けられた。

助けてもらったのに叱るのは理不尽だ。けれども璃炎は、常に人の上に立っていることを期待されている。使用人と馴れ合うなどもってのほか。養父の期待は裏切れない。ゆえに、いくら理不尽だろうとそうするしかなかったのだ。

いきなり叱りつけられて、少年はほんの一瞬、むっとしたような貌を見せた。しかし、言い返すこともなく、璃炎をそっと地面に下ろす。

気の毒だったのは、丁玄までもが璃炎の言葉に同調したことだ。

「姫になんということをしたのだ？　己が賤《いや》しい身分であることを忘れたか？　奴僕の分際では姫のお姿を拝することも許されておらん。なのにお身体に触れるとは、わしがこの場で手ずから斬り捨ててやってもよいところだぞ」

丁玄から容赦のない罵倒《ばとう》を浴び、少年はすっとまぶたを伏せた。

そうして力なく地面に両膝を着いて這い蹲《つくば》る。

肩先が僅《わず》かに震えているのは、屈辱のためだろうか。

奴僕らしからぬ反応に、璃炎はふと思いついた。

もしかしたらこの者は、最近になって奴僕に落とされたのかもしれないと。

とにかく今は養父の関心を他へ向けたほうがいい。

璃炎のためとあれば、養父は本気で少年を斬りかねない。元はと言えば、自分が悪かったのに、巻き添えで殺されては少年も浮かばれまい。

「養父上《ちちうえ》、今日こちらにいらしてくださるとは存じませんでした」

璃炎は少年のことを気にしつつも、養父へとにこやかな笑みを向けた。

甘えるように朝服の袖をつかむと、丁玄の頬がいっぺんにゆるむ。

「塀の上から落ちるなど、御身にお怪我はありませんでしたか？」

「大丈夫。このとおり、どこもなんともありませんよ？」

あの奴僕が助けてくれましたから。

璃炎は心の中だけでそう付け加えて、ゆったり両手を広げてみせた。

「ならば安堵《あんど》しましたが、一歩間違えばどうなっていたことか。ほんとに肝が冷えました。姫をこんな目にお遭《あ》わせして、侍女どもは何をしているのやら」

「養父上、侍女たちを叱らないでやってください。璃炎は少し退屈していただけです。外はどうなっているのか、もしかして養父上がお見えにならないだろうかと、塀の上から覗《のぞ》いてみようと思っただけですから」

本心を隠し、子供らしからぬ阿《おもね》るような言い方をするのは、今に始まったことではない。もっと幼い頃から身についた習性だ。

養父に見捨てられれば、もう生きる術がない。自分ひとりだけのことならいいが、璃炎が生まれた時から仕えている者たちが何十人となくいる。それらの者まで路頭に迷うようなことがあってはならないのだ。

「姫は優しい心をお持ちだ。それにしても、少しお目にかからないうちに、また背が伸びられましたな。それに、いちだんと可愛らしくおなりで、驚きましたぞ」

丁玄は上機嫌で言いながら、璃炎の頭に手を当てる。

「璃炎はもうすぐ大人です。いつまでも子供ではありません。ですから、この格好も……」

「姫がもう大人ですと？　これはいい。ははは……」

おかしげに笑う丁玄に、璃炎は胸のうちでほっと小さくため息をついた。

さりげなく大人だと訴えてみたが、養父はまったく取り合うつもりがないようだ。

豪奢な衣装をまとった璃炎は本当に可憐《かれん》な姫君に見える。

しかし、璃炎は女児ではなく男児だった。

本当の身分を明らかにするのは世間的に憚《はばか》りがあるゆえ、丁玄の指示で女の子の格好をさせられているだけだ。

「さあさあ、姫。館の中に戻りましょうぞ。色々とお話を聞かせてくだされ」

「はい、養父上」

素直に答えた璃炎は、養父に手を取られて歩き出した。

ちらりと後ろを振り返ると、あの奴僕がまだ地面に伏している。

ごめんね……。

璃炎は心の中だけでそう謝って、養父とともに館の中へと戻ったのだ。

†

呉丁玄は高い身分を有しているにもかかわらず、意外に磊落《らいらく》な人物だった。

広大な館の奥深く、璃炎が起居する部屋に、丁玄を迎える酒肴《しゅこう》が次々と運ばれてくる。

主座に座ったのは、きれいな着物に着替えた璃炎。そこから一段下がったところに、丁玄が控えていた。

四百年続いた大昂国の威光にも衰えが見え始めている。

国のいたるところで賊徒《ぞくと》が横行し、農地も荒れ果てているという。ゆえに、都でも飢えた民が溢《あふ》れるほど増えたとか。

侍女たちは口々にそう言うが、璃炎にはとても信じられなかった。

目の前の几《つくえ》には、山海の珍味を盛りつけた大皿がいくつも並べられている。それに、外へ出たこともない璃炎は、そもそも都がどういうところなのかも知らなかった。

とにかく侍女たちに散々言い聞かされているのは、こうした贅沢な暮らしができるのは、すべて呉丁玄の力のお陰。ゆえに、丁玄には感謝せねばなりませんよと、それだけだ。

「姫は本当に美しくなられた。いくつにおなりだったかな?」

「もう十歳になりました」

「そうか、もう十歳におなりか……。母君が亡くなられ、この腕でお抱きした璃炎さまは、まだ一歳にも満たない赤児でおわしたのに。こうして大きゅうなられ、丁玄は感無量にございます」

丁玄はそう言いつつ、皺《しわ》の寄った目尻に涙を浮かべる。

その涙に空々しさを感じるようになったのは、いつの頃からだったろうか。

しかし璃炎は子供ながら、真の気持ちを偽る術を身につけていた。涙を流す丁玄に心を痛め、また子供らしく甘えてみせることもできる。

「養父上、璃炎はもう十歳になりました。これ以上女児の格好でいるのはいやです。どうか侍女たちに命じてください。これからは男子の衣装を用意するようにと」

璃炎がここぞとばかりに訴えると、丁玄はとたんに難しい貌になる。

「滅相《めっそう》もない。宮中ではまだまだ争いが続いております。璃炎さまが生きておられることはまだ隠しておかねばなりません。男子であることがわかれば怪しまれます。お命を狙う者が現れるかもしれません。どうか今しばらくの間は、この丁玄の子として、姫の姿のままでお暮らしください」

丁玄の口からは、何度聞かされたかわからない同じ答えしか返ってこない。

また駄目だったかと、璃炎は内心でため息をついた。

——何者かに命を狙われる。

それは璃炎が、先の帝の血を引いているからだ。

璃炎には何人も異腹の兄がいたが、璃炎は生母の身分も高く、生まれた直後から太子となるべき存在だと期待されていた。

しかし、期待が高ければ、それをよく思わぬ者も出てくるのが世の常だ。

太子の座を巡る争いは熾烈《しれつ》を極め、しまいには内乱にまで発展してしまったのだ。

璃炎の父、先の帝は内乱を治める力を持っていなかった。宮中で力を振るっているのは宦官《かんがん》どもだ。彼らをうまく味方につけた者だけが命を長らえ、権力を手にすることができる。

そうして璃炎を皇帝にと望む者たちはあえなく失脚した。

璃炎の母、雪妃《せつひ》は、まだ赤児だった璃炎を抱いて後宮から逃れるしかなかった。いつまでも留まっていれば命が危うくなるだけだ。

しかし女たちだけでの逃避行はうまくいかなかった。璃炎の母は途中で追っ手の手にかかって命を落としてしまったのだ。

争いに負けた者の行く末には死があるのみ。

だが赤児だった璃炎は乳母と侍女に守られ、なんとか逃げ延びた。そして憐《あわ》れな主従に救いの手を差し伸べたのが、呉丁玄だったのだ。

それ以来璃炎は、表向きは呉丁玄の姫として、この館でひっそりと暮らしている。

先の帝は一連の騒動で心を病み、退位した。

次に帝位に即《つ》いたのは璃炎のすぐ上の兄だ。璃炎の母をはじめ、多くの者の命を奪ったうえでの即位だったが、当の皇帝は璃炎と同じでまだ十歳。自身では国を治める力などなく、まわりにいる者も、己の私腹をこやすことに専心する輩《やから》ばかり。内乱以降、都も国も荒れ果ていく一方だった。

璃炎は物心がついて以来、この話を毎日のように聞かされて育ってきた。

母の顔は知らない。父の顔も知らない。けれども自分という者が生まれてこの国に何が起きたのか、それだけはいやというほどわからされていた。

丁玄は口癖のように言う。

――いずれ時が来れば、巻き返しも叶いましょう。璃炎さまこそ、この大昂国の正当な主となられるお方。その時が来たならば、この丁玄、持てる力のすべてを使ってでも璃炎さまをお助けしましょう。

その一方で、侍女たちも日夜璃炎に耳打ちする。

――丁玄さまが助けてくださらねば、璃炎さまも我らも生きてはおられませんでした。丁玄さまだけが璃炎さまのお味方。なんでも丁玄さまのおっしゃるとおりになさるのですよ。そうすれば、いつか必ず宮中へ戻ることが叶いましょう。

丁玄と侍女の言うことは同じだった。

璃炎はいずれ帝位に即く。

それは一度も会ったことのない兄を陥《おとし》れることでもある。そして璃炎が帝位に即くということは、再び大きな争いが起きるのと同義だった。

だが、幼い璃炎に何ができただろう。

本来の身分を隠すため、丁玄や侍女の言《げん》に従って姫の振りをして、時が来るのをこの館で待ち続ける。

璃炎にできることはそれだけだった。

「それはそうと璃炎さま、今日は何故塀の上に上られたのです？」

艶やかな衣装をまとった侍女に何度も酒を勧められ、丁玄はほろ酔い加減になっていた。

「養父上、危ない真似をして皆を心配させてしまったこと、深く反省しております」

璃炎は慎重に答えを返す。

「いえいえ、何も璃炎さまを叱ろうと思ってのことではありません。璃炎さまはもう大きくおなりになられたのに、私の配慮が欠けていたかと」

「養父上はよくしてくださいます」

丁玄の機嫌を損ねてはならない。

そう肝《きも》に銘《めい》じている璃炎は、甘えるように微笑んだ。

「ところで、先ほど手打ちにしようと思った奴僕ですが……」

何気ないひと言に、璃炎はどきんと心の臓を鳴らせた。

まさか、本気で殺そうというのでは？

そう思うと、背筋がぞっとなる。

しかし丁玄の話は璃炎が心配したこととはまったく別のものだった。

「璃炎さまのお身体に触れるなど、あってはならないことでしたが、よくよく考えてみれば、あの者があそこにいたお陰でお怪我もなく済んだのではないですかな」

璃炎は内心でほっとしながらも、渋々といった感じで頷いた。

丁玄は、璃炎が館の外の者に興味を持つのを嫌う。

「実を言えば、あの者は罪人の身内でして」

「罪人……ですか？」

「さよう。地方で反乱を起こした不埒者がおりましてな。あれは弟なのです。反逆者の一族はすべて斬首《ざんしゅ》。それが妥当なところですが、あまりに不憫《ふびん》ゆえ、命を助けてやりました」

意外な話に璃炎は瑠璃色の目を見開いた。

「養父上があの者を助けられたのですか？」

「さようでございます。この館の下働きにでも使ってやろうと思い連れてきたのですが、いかがでしょう。璃炎さまが傍《そば》近くで使われては？」

「あの者を……私が？」

璃炎は喉をこくりと上下させつつ訊《たず》ね返した。

「あの者は生まれながらの奴僕とは違い、育ちは悪くありません。剣や槍も得意だと言うし、学問も修めている。話し相手になさるのはどうですか？」

願ってもない話に、璃炎は思わず歓声を上げそうになった。

けれども貌色が変わらぬよう、懸命に感情を抑え込む。

「……養父上がよいとおっしゃるなら、お勧めに従います」

「おお、そうですか。それはよかった」

丁玄は酒のせいで赤らんだ頬を満足げにゆるめた。

遠巻きで様子を窺っている乳母や侍女は、はらはらした様子を見せているが、璃炎の頭はあの少年のことでいっぱいになっていた。

助けてもらったのに、あの時はろくに礼も言えなかった。でも、これから傍仕えになるなら、うんと優しくしてやればいい。

†

丁玄が改めて奴僕の少年を伴《ともな》ってきたのは、翌日のことだった。

「さあ、ご挨拶《あいさつ》せよ。特別なお計らいで、お目どおりが叶ったのだ。姫はおまえを傍近くで使うことを快くご承諾くだされた。お礼を申し上げよ」

露台への石段の下で、少年は額を擦りつけている。

「ありがとう、ございます……」

面を伏せたままなので、少年の声はくぐもっていた。

丁玄の後ろから、ちょこんと貌を覗かせた璃炎は、どきどきと胸を高鳴らせた。

「名は……名はなんというのですか？」

「崔《さい》……崔耿惺《こうせい》という名です。まったく……」

ぼやくように答えたのは、少年ではなく丁玄だった。

不機嫌な声を出したのは、奴僕の姓が璃炎と同じ「崔」だったからだろう。名のほうもまったく奴僕らしくない。

「とにかく、おまえの働き次第で家族の行く末もよくなるようにしてやろう。心して姫にお仕えせよ。よいな？」

「……かしこまりました」

年長の少年は結局一度も貌を上げないままだった。

丁玄は宮中へ伺候《しこう》せねばならぬと言って、慌ただしく館を出立した。

少年は下働きの使用人に連れられて、どこかに姿を消してしまう。

これでは礼を言いそびれたままで、伝える隙さえない。

しばらくして、璃炎は我慢できずに、侍女のひとりに訴えた。

「養父上が連れてこられた新しい使用人をここへ呼んでくれ」

「まあ、とんでもないことでございますよ、璃炎さま！　あんな素性の知れぬ者を、お傍にお召しになるなど、危のうございます」

古参《こさん》の侍女はそう言って、大げさに身を震わせる。

「何を言う？　あの者を遊び相手にせよと言われたのは養父上だぞ」

「しかし、璃炎さまのお傍近くになど……。万一のことがあってはなりませぬ。今日は乳母殿も伏せっておられます。どうか、あのような奴僕のことなど、お忘れくださいませ」

「黙れ！　乳母が伏せっているのは今日だけのことではない。あの奴僕のことを判断するのは、おまえではない。養父上や私の命に、逆らうつもりか？」

璃炎はつい、きつい調子で叱りつけた。

侍女ははっと怯えたような貌を見せ、そのあとそそくさと部屋から退出する。

せっかくあの少年が傍仕えになると喜んでいたのに、最初からこの調子では先が思いやられる。

璃炎はほおっと子供らしからぬため息をついた。

何もすることがないので、脇息《きょうそく》に凭《もた》れ庭の様子を眺めていると、白砂の中にすうっと黒っぽい陰が混じる。

「あ……」

音もなく現れたのは、質素な着物を着たあの少年だった。

璃炎はぱっと立ち上がり、縁まで駆け寄った。

先ほどは養父に遠慮があって何も聞けなかった。でも、もう誰にも気兼ねをする必要はない。助けてもらった礼を言って、それから色々と話も聞きたい。

「来たのか！」

思わず弾んだ声を上げたが、少年は平伏しているだけで貌を上げようともしない。

黒髪を後ろでひとつに結んだだけの頭を眺め下ろしているうち、期待に膨《ふく》らんでいた胸が萎《しぼ》んでいく。

喜んでいたのは自分だけなのだろうか。

助けてもらったのに邪険にしたから、怒っているのだろうか。

璃炎は不安なままで、再び口を開いた。

「貌を見せよ」

「……はい」

少年はかなり間を置いてから、面を上げた。

無表情を張りつけた貌に、璃炎はふいに悲しくなってくる。

下働きから傍仕えに抜擢《ばってき》されるのは破格の扱いだった。なのに喜ぶどころか、迷惑そうにも見える貌だ。

やっぱり怒ってるんだ。自分が無礼者とののしったから……。

この場合、璃炎のほうが悪いのだろう。しかし、璃炎は己の非を認めることに慣れていなかった。

これからは年の近い者と一緒にいられる。単純に喜んでいただけに、失望も大きい。

璃炎はなんだか悔しくなって、思わずぽろりと涙をこぼした。

すると少年が、今になってぎょっとしたような表情を見せる。

「あ、あの……俺はまた何か、無礼なことをしたのでしょうか？」

慌てたように声をかけられて、今度は恥ずかしくてたまらなくなった。

もう子供じゃないのに、他人に涙を見せるなど、あってはならないことだ。まして相手は使用人だ。決して侮《あなど》られてはならないというのに……。

「なんでもない。もう下がれ」

璃炎は突き放したように言い捨てて、少年から無理に貌を背けた。

縁から部屋の奥に戻る間に、濡れた頬を袖で拭う。

泣いているところを侍女に見られたら、またあの者は叱られるだろうから。

ちらりと振り返ると、少年が心配そうにこちらを見ていた。

何か言いたそうな様子だったが、今さら引き返すわけにもいかない。

もっと話がしたかったのに、うまくいかなかった。

あの少年、崔耿惺が何を好み、何が得意なのか。今まで外の世界でどんなことを見てきたのか。それから、突然奴僕の身に落とされて、つらくはなかったかとも訊ねてみたかった。

けれど、思うことは何ひとつ達成できなかったのだ。

璃炎が十歳。そして耿惺は十五歳。
これがふたりのぎこちない交流の始まりだった。

二

「耿惺、毎日暑くていやになる。何か涼しくなるような遊びはないか？」

璃炎は部屋へ呼びつけた崔耿惺に、何気なく切り出した。

牡丹《ぼたん》や芍薬の盛りが終われば、夏の暑さが耐えがたい季節がやってくる。

相変わらず姫君の格好なので、よけいに暑さが堪《こた》えていた。

簪は重いからいやだと駄々をこね、髪は結い上げず背中に垂らしている。

贅沢なことに、璃炎の私室には氷室《ひむろ》から切り出した氷なども運び込まれていたが、顔を近づけたり、手で撫で回したりして、ようやく少しは暑さが凌げるといった程度だ。

「涼しくなる遊び、ですか？　それはちょっと」

耿惺はそう言って考え込むように首を傾げる。

傍仕えとなって、ひと月ほど。

最初の印象が悪かったせいか、それとも二度目に会った時、いきなり涙を見せて戸惑ったのか、耿惺はなかなか打ち解けようとしなかった。だが、この頃になってようやく部屋に上がって用事を聞くようになっていた。

璃炎にしても遠慮はあったのだが、年の近い耿惺を無視し続けることはできない。それで、始終傍に呼んでは、ささいな用事を言いつけるということを繰り返した。

それでも耿惺は主従としての一線を引いており、常に控えめな態度だ。

本当は外の世界の話などをもっと聞きたいのだが、まだそこまでには至っていない。けれど璃炎は諦めることなく耿惺に話しかけている。

「耿惺、おまえが私ぐらいの年の時は、何をして遊んでいた？」

璃炎は小首を傾げて訊ねた。

氷を置いた几を前に、璃炎は長椅子にゆったり腰を下ろしている。耿惺はその傍近く、床に座り込んでいた。

「下々の遊びなど、姫さまのお耳にお入れするのは憚られます」

「でも、聞きたい。私は外の世界のことを何も知らぬゆえ」

「しかし、男子の遊びですよ。釣りに出かけたり、野駆けを兼ねて狩りをしたり」

ようやく耿惺の口がゆるみ、璃炎は目を輝かせた。

「釣り？　それは魚を採ることだな？」

「ええ、そうです」

身を乗り出した璃炎に、耿惺が思わずといった感じで微笑む。

「どうやってやるのだ？　詳しく教えろ」

「はい、漁師は網を使って魚を採りますが、釣りを楽しむには竹竿と糸を使います。糸の先に魚を捕らえる細い針をつけ、そこに蚯蚓《みみず》を刺して水に沈ませます」

「蚯蚓とはどのようなものだ？　それを魚が食《しょく》すのか？」

「蚯蚓は田や畠でいくらでも取れます。湿気のある土の中にいる長虫ですよ」

長虫と聞いて、璃炎は思わず身をすくませた。

耿惺はすぐにそれと察して謝る。

「申し訳ありません、姫さま。気持ち悪かったですか？」

「いい。大丈夫だ。それより、続きを話せ」

璃炎は果敢《かかん》に先を促した。

耿惺はまだ知らぬことだが、璃炎は男子だ。女子ではないのだから、これぐらいで怯んでいるところは見せられない。

「わかりました。それでは続きを……と申しても、あとは水の中に餌をつけた針を垂らして、魚が食いつくのを待つだけです」

「それだけでは、よくわからぬな。外の世界の男子は皆、そのようにして遊ぶのか？」

「はい、誰でもというわけではありませんが……」

「そうか……下々の者はいいな。私もやってみたい……」

璃炎はそう言って大きくため息をついた。

この館の中ほど安全な場所はないのですよ。

いくどとなくそう言い聞かされてきたが、外の世界を見てみたいという気持ちは変わらなかった。

そう、ひとりでは無理かもしれないが、耿惺と一緒ならできる気がする。

いつか、もう少し仲よくなれたら、外へ連れていってくれるように頼んでみよう。

璃炎はそんなことを思いつつ、耿惺の貌を見つめた。

最初に会った時はみすぼらしい奴僕の格好だったが、今の耿惺は飾りこそないものの、こざっぱりとした着物を着ている。ばさばさだった前髪も自然な感じで切り揃え、あとは後ろでひとつに結んでいた。

最初から奴僕の子として生まれたわけではないせいか、青い瞳が理知的で、貌立ちも品よく整っている。十五歳という年齢にしては、大人びているだろうか。

そして耿惺は、小柄な璃炎とは比べものにならぬほど背が高く、腕や胸板も逞《たくま》しい。

自分もこんなふうになりたい。

璃炎は自然とそんな望みを持つようになっていたのだ。

「姫さま」

「なんだ？」

「もし、お許しがいただけるようでしたら、実際に魚を釣るところをお目にかけましょうか？」

「えっ、そんなことができるのか？　でも私は外へ行くことを禁じられている」

思わぬ言葉を聞いて、璃炎は再び身を乗り出した。

「大丈夫です。この館の泉水にも鮒《ふな》がいるので、それを釣ってもよければ、姫さまにお見せします」

「うん、そうか。この館の庭でおまえが釣りをするところを見られるのだな？」

「はい……しかし、そのようなことをしてよいか、先にお許しを貰わないと……」

璃炎は最後まで聞かずに、すっくと席を立った。

そうして大声で侍女を呼ぶ。

「小芳《しょうほう》、小芳はおらぬか？」

待つほどもなく古参の侍女の小芳が貌を出す。

小芳は傍にいた耿惺にちらりと目を向け、それから璃炎に向き直って頭を下げた。

「何か、御用でございますか、璃炎さま？」

「耿惺が釣りというものを見せてくれるそうだ。泉水にも魚がいるそうだから、いいな？」

璃炎はそう念を押しただけだ。

この館で自分に逆らう者はいない。本来なら、わざわざ許しを得る必要もないことだ。

「釣り、とおっしゃいましたか？　庭の泉水で？」

「そうだ」

「何を言い出されることやら……耿惺、おまえ、璃炎さまによけいなことを申し上げるでないぞ」

小芳はきつい目つきで耿惺を叱りつける。

いくら璃炎の気に入りとはいえ、新参者の奴僕におかしな真似はさせない。

言外にそう匂わせてのことだ。

「申し訳ありません」

耿惺は大人しく謝ったが、璃炎は腹立たしさでいっぱいになった。

「小芳、私が無理やり訊き出したことだ。耿惺は悪くない。それに館の中でのことだというのに、いけないと言うのか？　この私が見たいと言っているのだぞ？　それとも耿惺には、私の命ではなく、おまえの命令を優先させるのか？」

語気荒く言った璃炎に、小芳は身をすくめる。

「り、璃炎さま……も、申し訳ございませぬ」

「では、よいのだな？」

許可を貰ったとたん、璃炎の口調はやわらかくなった。

普段、大抵のことは侍女たちの言うとおりにしている。しかし、この館の主は璃炎なのだ。

だから強く命じれば、誰も逆らわなかった。

「耿惺、許す。釣りの用意をせよ」

璃炎は意気揚々《ようよう》と告げた。

「はっ、かしこまりました」

いつもどおり床に頭を擦りつけた耿惺だが、心なしか肩先が小刻みに震えている。

もしかして笑っているのだろうか？

そうなら、嬉しい。

耿惺とは主従の垣根を越えて同じ気持ちを共有したいから。

璃炎はそんな期待を込めつつ、心からの笑みを耿惺に向けた。

†

半刻ほどして耿惺が、準備ができましたと迎えに来る。

璃炎はわくわくしながら、耿惺のあとに従って泉水のある庭へと向かった。

泉水の中まで突き出すように建てられた四阿《あずまや》があり、そこから釣り糸を垂らすという。

璃炎は耿惺の準備する様を興味深く眺めた。

「うわ、それが蚯蚓か。にょろにょろしてる」

「可哀想ですが、鮒の餌になってもらいます」

耿惺はそう言いながら、ぴくぴく震えている蚯蚓を鉤針《かぎばり》に刺す。

璃炎は思わず貌をしかめた。

「そんなもの手で摘《つま》んで、気持ち悪くないのか？」

「最初はちょっと勇気がいりますが、慣れれば大丈夫です」

しかつめらしく言う耿惺に、璃炎も生真面目に答える。

「そういうものか」

「はい……。さあ、これで準備ができました。あとは鮒がこの可哀想な蚯蚓に食いつくのを待つだけです」

「うん……」

耿惺は準備を整えた竹竿を、ぽちゃりと水の中へ落とす。

四阿の突端は板敷きになっているだけで壁はない。璃炎は耿惺の脇から身を乗り出すようにして、竿の先を見つめた。

しばらくはなんの変化もない。

だが、突然水面からばしゃりと音を立てて大きな鮒が飛び出す。

「かかりました」

鮒は派手に水飛沫を上げながら暴れている。

けれど蚯蚓のついた鉤針に引っかかって、逃げられないようだ。

耿惺はしばらくの間、竿を色々な方向に動かし鮒との攻防を繰り返していた。そして最後に大きく竿を上に上げる。

折からの陽射しに銀鱗《ぎんりん》を輝かせた鮒が見事に釣り上げられたのだ。

「すごい。釣りとはこういうものだったのか」

璃炎が感嘆して言うと、耿惺がにっこりとした笑みを向けてくる。

まともに笑顔を向けられたのは初めてなので、璃炎は我知らず頬を赤くした。

何故だか心の臓もどきどきする。

「姫さまも、おためしになりますか？」

璃炎は瑠璃色の目を見開いた。

「えっ、いいのか？」

「もちろんです。そのためにお見せしたのですから」

耿惺の言葉に、璃炎はふわりと微笑んだ。

見るだけではなく、実際にやってみてもいい。そう言われたことがどれだけ嬉しかったか。

しかし、璃炎はすぐに蚯蚓のことを思い出した。

「駄目だ。あれは無理。とてもつかめない」

眉をひそめて言うと、耿惺がくすりと笑う。

「大丈夫ですよ。餌は私がつけますから」

「うん、それなら……」

璃炎の返事に頷いて、耿惺は再び準備にかかった。

釣り上げた鮒を魚籠に移し、新しい蚯蚓を針にかける。

そうして、竿の手元を璃炎に差し出してきた。

璃炎が怖々手を出して受け取ると、励ますように声をかけてくる。

「大丈夫ですよ、姫さま。私がお傍にいますから。いざという時にはお手伝いします」

「わかった。蚯蚓のついたところを水に落とせばいいのだな？」

「はい、そのとおりです」

耿惺に声をかけられて、璃炎はそっとぎこちなく竿を泉水へと差し出した。

ぽちゃりと小さな水音がして、あとはなんの変化もない。

「耿惺、何も起きないぞ」

「しっ、今鮒が蚯蚓を狙ってるところです。お静かにお待ちください」

「うん」

そして、それは突然やってきた。

「うわーっ」

竿がぐいっと強く引っ張られ、璃炎は慌てた。

「大丈夫。そのままじっと堪《こら》えてください。鮒が暴れているうちは少し待ったほうがいいですよ」

「やっ、でも、びくんびくんしてる」

「大丈夫。大丈夫ですから」

璃炎は耿惺に宥《なだ》められながら、初めての釣りに挑んだ。

鮒が暴れるたびに、竿から震動が伝わる。びくんびくんと、まるで直接手に攻撃でもされているかのような動きだ。

しかし最初一瞬怖いと思ったのに、その反応がいつの間にか面白くなってくる。

これは鮒との戦いなのだ。

璃炎は自然と釣りの本質を理解していた。

「さあ、姫さま。今です。大きく竿を振り上げてください」

「わかった。こうか？」

言われたとおり、大きく竿の先を上げる。

すると、針にはちゃんと立派な鮒がかかっていた。

「うわっ、ほんとに釣れた！」

璃炎は歓声を上げた。

だが、それと同時に鮒が弧を描くように近くまで飛んでくる。

とっさに身をよじったけれども、鮒がぶつかりそうになるのは避けられなかった。

「やっ」

胸につきそうになった鮒に驚いて、璃炎は思わず竿を離してしまう。

飛び跳ねた鮒が泉水へと戻っていったのは一瞬ののちだった。

「あっ、駄目っ！」

璃炎は懸命に上体をかがめて竿を追った。

「危ない！」

鋭い叫びと同時に、着物の袖に耿惺の手が触れる。

しかし一瞬遅く、つるりと足を滑らせた璃炎は、ものの見事に泉水に落ちていた。

「姫さま！」

次の瞬間には耿惺が続けざまに泉水へと身を躍らせる。

「どうか、御身に触れるお許しを！」

必死の声に、璃炎は笑いながら手を振った。

落ちたせつなは慌てたが、さして深くもない泉水だ。自分の両足で立っていられるとなれば、怖いこともない。

それどころか、冷たい水が気持ちいいぐらいだ。

「耿惺、大事ない。私はしばらくここにいるぞ」

璃炎は声を立てて笑いながら、両手でばしゃばしゃ水面を叩いた。

「そのようなわけにはまいりません。早く上に上がらないと、お身体が冷えてしまいます」

「莫迦《ばか》め。冷たいから気持ちいいのだろう」

「しかし、もう侍女たちがこちらへ走ってきます。ですから、どうか御身に触れるお許しを」

耿惺は今にも璃炎を抱き上げようと、両手を広げている。

だが璃炎は首を左右に振った。

「許さぬ。私には指一本触れるでない」

冷ややかに言い切った璃炎に、耿惺が悲痛な声を上げる。

「璃炎さま！」

「璃炎さま！　ああ、なんということ！」

慌てて駆けつけてきた侍女たちの声も重なって、あたりはうるさいことになった。

けれど、もう少し水の冷たさを味わっていたい。

そう思った璃炎は、ひらひら手を振りながら、泉水の中ほどに向かって歩き出した。

「璃炎さま、璃炎さま！　危のうございます。どうかもう泉水に入るのはおやめくださいませ」

「お召し物がずぶ濡れでございます。ああ、なんとしたこと」

侍女たちが金切り声を上げるのを尻目に、璃炎は泉水の中に両手両足を突っ込み、思う存分ばしゃばしゃと水飛沫を上げた。

童心に返ったように水と戯《たわむ》れるのは本当に気持ちがいい。

耿惺が困った貌をしているのを見るのも、楽しくて仕方なかった。

「姫さま、もういい加減になさらぬと、お付きの方々が可哀想です」

「私は大丈夫だと言っているだろう。こんなに楽しいのは生まれて初めてだ。だから、もう少しこのままでいる」

璃炎は我が儘《まま》を押しとおそうと思ったが、何故か耿惺が厳しい貌つきになる。

「失礼いたします」

そして次の瞬間、璃炎は耿惺の手でしっかりと抱き上げられていた。

身体に触れることは許さない。

そう命じたにもかかわらず、耿惺はそれを無視したのだ。

奴僕が璃炎の身に触れるのは大罪。へたをすれば命にかかわると、よくわかっているはずなのに、耿惺の態度は断固としていた。

璃炎は子供っぽい我が儘を言ったことが急に恥ずかしくなった。そして、その羞恥をごまかすように、ぎゅっと自ら耿惺にしがみついた。

ずぶ濡れの深衣のせいで、耿惺もすぐに濡れてしまう。

「耿惺……ありがとう。こんなに楽しかったのは生まれて初めてだ」

璃炎は間近にあった耿惺の耳に、そっと囁いた。

「姫……さま」

耿惺はそれきりで絶句する。

「ひとつ言っておく。私のことは姫さまと呼ぶな。これからは皆と同じように、璃炎と呼べ。いいな？」

「……璃炎……さま？」

「そうだ、それでよい」

満足を覚えた璃炎はますます強く、頼もしい奴僕にしがみついた。

†

呉丁玄の館には不思議な子供が棲みついていた。

崔耿惺がこの館で働くようになって、ひと月以上が経つ。

奴僕という身分に落とされるまで、耿惺は貴族の一員として何ひとつ不自由のない暮らしをしていた。しかし、この館の贅沢さは豊かさに慣れた耿惺でも、呆《あき》れてものが言えなくなるほどのものだった。

館は宮廷での実力者、呉丁玄の持ち物だが、耿惺が仕える主は僅か十歳の子供だ。そして崔璃炎という名の子供は丁玄の養女ということになっていたが、本当は丁玄より身分が高いらしい。

崔という姓と合わせて考えれば、璃炎が何者であるかは自然と推察できる。

おそらく十年前の内乱で都を追われた、皇統に属する者のひとりなのだろう。

呉丁玄が恭《うやうや》しく丁重な扱いをしているのは、自分の養女として帝室に嫁がせるためかもしれない。

それはともかく、丁玄が何故自分をこの館に入れたかは謎のままだ。

耿惺の一族もかつては皇統に属していた。大昂国は四百年の長きにわたり、中華全土を支配している。途中で北方民族の侵攻を許した時期があり、前昂、後昂と区切りをつけて呼ぶ者もいるが、いずれも崔家の御代《みよ》だった。今上帝《きんじょうてい》は第二十七代を数え、耿惺の一族はその三代前の皇帝を始祖に持つ。

しかし時代が下れば皇帝の血筋など、なんの役にも立たない。四百年の間に皇帝の血を引く者は中華全土に広がっていたからだ。

耿惺の一族が奴婢《ぬひ》や奴僕の身分に落とされたのは、長兄の耿章《こうしょう》が崔家の家督を継いだことに端《たん》を発していた。

朝廷に腐敗がはびこり、今中華では全土で反乱が起きている。耿章は乱を起こした地方の豪族に荷担して、朝廷に反旗を翻《ひるがえ》したのだ。

けれども反乱軍は自分勝手なやり方を貫く猛者《もさ》たちの集まりで、ひどい者は賊徒となんら変わりがないほどだ。全体の統率が取れるはずもなく、反乱軍は朝廷から派遣された将軍によって、壊滅的な打撃を被《こうむ》った。

兄は辛うじて戦場から逃げ出したそうだが、朝廷軍の攻撃は崔家の家族にも向けられた。危険を察知した兄は、家族を逃がす算段を整えていたが、それも間に合わず、結局耿惺の家族は全員が捕らえられてしまったのだ。

耿惺ひとりなら逃げることもできただろうが、母や妹を見捨てるわけにはいかなかった。捕らえられた耿惺は、結局家族と引き離されて厳しい取り調べを受けた。兄の居所を吐けと拷問されていた最中に、何故かふらりと呉丁玄が現れて、助け出されたのだ。

――奴婢や奴僕の身分に落とされるのは避けようがない。だが、極刑だけは回避できるようにしてやろう。その代わりおまえは身を粉にして働け。それでどうだ？

獄舎に現れた丁玄がそう言った時、耿惺は藁《わら》にも縋る思いで頷いた。

丁玄は、耿惺の働き次第で、他の家族もつらい目には遭わないようにしてやると言ってくれた。

丁玄がお人好しだとは思わない。

耿惺はすでに十五。成人にひけを取らぬぐらい、世の中のことを知るようになっていた。だから不思議だったのだ。

丁玄は何故、自分に目をつけたのだろうかと――。

いずれにしても、しばらくの間はこの館で璃炎に仕えなければならない。

空から飛んできた璃炎に初めて出会った時、耿惺はあまりの可愛らしさに息が止まるかと思った。だが、璃炎は我が儘いっぱいに育てられたらしく、高慢なところもある。物言いも高飛車で、最初はどう接していいか戸惑いを覚えた。

けれども可愛らしい主には、不安げに人の貌色を窺っているような一面もあった。

高い身分を有しているゆえに、妙に老成した子供。そう思い込んでいると、璃炎はそれとも別の貌も見せる。

館の泉水で魚釣りを教えた時は、璃炎があまりにも無邪気に喜ぶので、本当に驚かされた。

そして耿惺はぎゅっとしがみついてきた璃炎に、心をわしづかみにされたような気分を味わわされたのだ。

良家の若さまだった身が奴僕に落とされて、ずいぶん悔しい思いをしたが、今の耿惺は比較的穏やかな気持ちでいられた。

それはきっと璃炎に仕えることができたお陰だろう。

食べるものと着るものはちゃんと与えられている。身体を休める寝床もある。

今のところ家族もそうひどい扱いは受けていないとのこと。それに兄が捕らえられたという噂も聞かない。

仕えるのは璃炎という不思議な子供。

しばらくの間、この館で働くことに、耿惺はなんの不満もなかった。

今の自分にはまだなんの力もない。もう少し大人になれば、また違う道も見えてくるはず。だから、今しばらくは、璃炎に仕えて成長を見守る。

耿惺はそんなことを思いつつ、璃炎の部屋へと向かっていたのだ。

館の中でも一番奥まった一角に璃炎の私室が独立して建てられている。

土台は大理石、家屋を構成する木材はきれいに着色され、ぐるりと巡らせた庭も完璧な手入れが施されている。主が可愛らしい姫だということで、庭木は特に美しい花を咲かせるものばかりが選ばれていた。

「耿惺です。璃炎さまがお呼びだと伺いました」

耿惺は作法どおり、取り次ぎの侍女に頭を下げた。

「おお、耿惺か、来てくれて助かった。璃炎さまは先ほどから、耿惺はまだかと矢のように催促されておる。近頃の璃炎さまはおまえが一番のお気に入りだ。我らがお世話をしても、ご機嫌を損ねられるばかりじゃ」

侍女たちを束ねる小芳という女がぼやくように言う。

一番の権限を持つのは乳母だという話だが、今は寝たり起きたりであまり人前には出てこないのだという。

「それでは、奥にとおらせていただきます」

「頼んだぞ」

短く言った小芳に一礼し、耿惺は部屋の奥へと進んだ。

磨き抜いた板間に分厚い敷物を敷き、その上に据えた長椅子に、璃炎はちょこんと腰かけていた。

そして耿惺の姿を見つけたと同時に、ぱっと立ち上がって駆け寄ってくる。

「待ちかねたぞ、耿惺。今まで何をしていた？」

膨れっ面で文句を言う姿が可愛らしい。

身分の差を思えば決して許されぬことであったが、耿惺は微笑まずにはいられなかった。

煌《きら》びやかな深衣の背に流れる髪は赤みを帯びた金色に輝いている。瞳の色は深い水底を思わせる青。

大昂国には西方の国々から輿入《こしい》れしてくる姫君がいる。そのせいか、時折こうした瞳の色を持つ者が生まれるのだ。そして耿惺自身も青い双眸《そうぼう》を持つひとりだった。

しかし、璃炎のように輝く金髪を持つ者は極めて珍しい。

西方諸国より、さらに何年も時をかけて旅した先に、金色や茶色の髪をした者ばかりの国があると聞く。西方の姫君には、そのような血も流れているのだろう。

傍まで駆けてきた璃炎は、遠慮もなく耿惺に抱きついた。

どんと小さな身体をぶつけてこられるが、耿惺はしっかりそれを受け止める。

最初に出会った時もそうだった。

いきなり空から降ってこられた時はさすがに驚いたものだが……。

「ねえ耿惺、準備はできた？」

「璃炎さま……」

瑠璃色の目を輝かせた璃炎に、耿惺は口ごもった。

頼まれたことがあるのだが、正直言ってかなりの危険が伴うのだ。

「ねえ、駄目だったの？」

「いえ、そういうわけでは……」

璃炎の頼み事とは、密かに館の外へ連れていけというものだった。

侍女たちにまともに頼んでも、丁玄から固く言いつけられているので許可が下りない。それゆえ短時間でもいいからこっそり外へ出てみたいというのだ。

もし耿惺が手を貸したことが露見《ろけん》すれば、あとがどうなるか。

へたをすれば今度こそ命がないかもしれない。自分にはまだ使命がある。いずれは家族を今の境遇から助け出さねばならない。だから、こんなところで無駄に命を奪われてはならないのだ。

そうは思うものの、璃炎の泣きそうな貌を見ていると、なんとかしてやりたくてたまらなくなる。

深窓の姫君とは本来そういうものなのかもしれないが、赤児の時から一度も外に出たことがないとは、耿惺にはとても信じられない仕打ちだ。

いくらこの館が広くても、限られた世界しか知らずに過ごすというのはどんな気分なのだろう。

初めて出会ったあの時も、璃炎は外を目指していたのだという。

一度でいいから塀の外に出てみたい。

贅沢極まりない生活を送りながら、璃炎が真に欲していたのはそんなささやかな望みだけだった。

可愛らしい貌を悲しげに歪《ゆが》め、璃炎は今にも泣き出しそうになっている。

耿惺だけを頼りとしているのに、裏切るような真似はできない。

「少しの間だけですよ？　塀の外に馬を用意しておきましたので」

耿惺の言葉が耳に入ったとたん、璃炎はぱっと貌を輝かせる。

「ほんと？　ほんとに外へ行けるの？」

璃炎は耿惺の袖をつかみ、縋りつくように問い質《ただ》す。

「大丈夫です。俺がちゃんと外へお連れしますから」

「ありがとう。耿惺」

「さあ、それでは璃炎さまから、小芳殿におっしゃってください。手順は前にお話ししましたよね？」

「うん、乳母のお見舞いにいく。たまにはゆっくり乳母と話したいから、一刻ほど誰も乳母の部屋に近づくな。そう言えばいいんだな？」

「はい、乳母殿の部屋近くの庭から塀を越えて外へ出ます。馬を繋いであるのも、その近くです」

「わかった。それなら早く行くぞ」

璃炎はすでに気もそぞろといった感じで、先に立って歩き出す。

そうして、控えていた小芳に打ち合わせたとおりの台詞《せりふ》を吹き込んだ。

「まあ、さようですか。それは乳母殿も喜ばれることでしょう」

小芳はなんの疑いも持たず、にこやかな貌になる。

「いいか、供は耿惺だけでよい。誰にも邪魔させるな」

璃炎は顎をそらしてきっぱりと命じた。

子供ながらも威厳のある物言いに、逆らえる者はいない。

「かしこまりました。あちらには乳母殿の面倒を見ている小者もおります。茶菓などもご用意できましょう。何か手の足りぬことがございましたら、すぐに私をお呼びください」

「わかった。……耿惺、ついてこい」

璃炎はちらりと振り返って命じる。

耿惺は忠実な世話係として、小さな主に従った。

璃炎の私室から乳母が起居する場所までは、かなりの距離があった。

館の敷地内にはいくつもの家屋が建てられており、間は高い塀と庭で仕切られている。

部屋から部屋へと渡る道は迷路のようで、新参の頃は苦労させられた。しかし耿惺は誤ることなく璃炎をその場所へと導いていった。

璃炎の乳母が棲むのは館内でも一番静かな一画だ。外壁は館内を仕切るものよりさらに高く造られていた。

「耿惺、大丈夫か？　おまえでも背が届かないだろう」

塀を見上げた璃炎が不安げな声を漏らす。

「大丈夫です。縄を用意しておきました。俺が先に登って、璃炎さまを引き揚げます。腰に縄を巻いてもよろしいですか？」

「うん」

璃炎はいくぶん青ざめた貌で頷く。

おそらく怖いのだろう。だが、ここで再度意志を問うても、返ってくる答えは同じだろう。

「では、失礼いたします」

耿惺は用意していた縄を璃炎の腰に結びつけた。

そしてもう一本の縄を取り出し、塀の上へと投げつける。先には壁に引っかけるための三つ叉になった鉤爪をつけてある。

最初の一投で首尾よくその鉤爪が壁にかかり、耿惺はそれを利用して身軽に塀の上へとよじ登った。

壁の厚みは充分にあり、足場もそう悪くない。力を出せば子供ひとりぐらいなら自分にも引き揚げられる。

「璃炎さま、俺が使った縄につかまってください。ちょっと苦しいかもしれませんが、堪えてくださいね」

「うん、わかった」

璃炎は長い袖から細い腕を覗かせて耿惺が使った縄をつかんだ。

自分からも懸命によじ登ろうとしてくれたので、腰に巻いたほうの縄を同時に引っ張ると、わりに簡単に小さな身体が上まで上ってくる。

「うわぁ」

塀の上に着いた璃炎は、外の景色を眺めて歓声を上げた。

「しいっ。お静かに。気づかれるといけません」

「ごめん」

はっとしたように謝る璃炎に笑みを向け、耿惺は次の指示を出した。

「璃炎さま、申し訳ないですが俺の背中に負ぶさってもらえますか?」

ゆっくり背中を向けると、璃炎は素直に抱きついてくる。

触れてはならぬ高貴な身。

なのに璃炎は自分から耿惺の首に腕を巻きつけてきたのだ。

こんな時だというのに、何故か胸が熱くなる。

これは信頼の証《あかし》。璃炎は自分にすべてを委《ゆだ》ねていてくれる。

そう思うと、胸の底から歓喜が噴き上げてくるようだった。

「しっかりつかまっていてくださいね」

「わかった」

耿惺は縄を反対側へと垂らし、璃炎を背負ったままでゆっくり塀を下りた。

見当をつけておいたとおり、馬を繋いでおいた場所はそう離れていない。

耿惺は時折外での用事も言いつけられている。それゆえ奴僕の身ながら、外出も自由にできたことが幸いだった。

万一見咎められることがないように使った道具を回収し、まずは璃炎を抱いて馬に乗せる。

「ご一緒してもよろしいですか？」

「もちろんだ。早く行こう、耿惺」

璃炎は興奮気味に答える。

瑠璃色の目を輝かせている様に、耿惺自身も嬉しくなった。

「では、まいりましょう」

耿惺はそう声をかけつつ、ひらりと馬に飛び乗った。

そうして璃炎を腕に抱き込むような格好で、馬の手綱《たづな》を取って駆けさせる。

暑い盛りが過ぎ、青く澄み渡った空が目に眩《まぶ》しい。

どこまでも続く野を駆けていくのは気持ちがよかった。

「耿惺、これが外の世界なのだな。なんて……なんて広いんだ。空があんなに遠くまで続いている」

「はい、璃炎さま。これが外の世界です」

「耿惺、もっと速く馬を駆けさせて！　おまえと一緒にもっと遠くまで行きたい」

何気なく発せられた言葉に胸が疼《うず》く。

腕に抱いた主の望みに応えるべく、耿惺は軽く馬の腹を蹴った。

†

耿惺の手引きでまんまと館を抜け出した璃炎は、心地よい開放感に浸っていた。

耿惺が案内してくれたのは、一面に花々が咲き乱れる野原だった。

白や薄紫、濃い紫。それに時折混じる鮮やかな黄色。名前も知らない小さな草花だが、どこまでも続いている光景には感動した。

耿惺は璃炎を馬から抱き下ろしてくれる。

塀を越える時は本当にどきどきした。でも耿惺の腕は力強く、なんの憂《うれ》いもなくすべてを任せておける。

短い間に、耿惺に対する信頼は絶対のものとなっていた。

「こちらにお座りになりますか？」

「ああ……うん」

「でも、裳が汚れてしまうかもしれませんね」

「そんなの、いい」

璃炎は怒ったように言って、わざと荒々しく、すとんと野辺に腰を下ろす。

耿惺はくすりと忍び笑いを漏らしながら、その隣に座り込んだ。

いつもとは違って長い足を前に出し、膝を曲げている。主従としての態度ではない。まるで友人同士か兄弟の前で見せるような格好だ。

そんなささいなことが嬉しくて、璃炎も同じように膝を曲げて両手で抱え込んだ。

「なあ、耿惺。おまえには兄弟がいるといったが」

「はい、上に兄がふたりと姉がひとり、それから弟がふたりに妹がひとり。全部で七人兄弟。俺はちょうど真ん中です」

「そうか……兄弟がいるのは羨《うらや》ましいな。私はずっとひとりだったから」

璃炎はため息をつくように言った。

だが耿惺は何故か目つきを鋭くして、あらぬほうを見据えている。

それで璃炎はようやく耿惺の身内が、今は奴婢や奴僕にされていたことを思い出した。

「家族に会いたいのか？」

何気なく問うと、耿惺ははっとしたように視線を合わせてくる。

しかし、口をしっかり閉じたままで何も言わなかった。

璃炎は再びため息をついた。

「耿惺……私はまだ子供だけれど、大人になったら必ずおまえの家族を助けてやる」

「璃炎、さま？」

「だって、おまえは元貴族だったのだろう？　身内が咎を犯したからといって、家族まで責めを負うのは理不尽だ」

「それが国の法ですから」

耿惺は努力して冷静さを保っているようだ。

抑揚《よくよう》のない声を聞いて、璃炎はむなしさに襲われた。

「そうだな。人を裁くのは国の法。天が裁くわけじゃない。人が人を裁く。そうだろ？」

子供らしからぬ言葉に驚いたのか、耿惺は僅かに目を見開く。

「同じ……おまえの目は私と同じ青、だな……」

「いえ、璃炎さまの瞳は深い瑠璃色。とても美しいですが、俺のはただの青です」

耿惺はじっと璃炎の双眸を見つめながら言う。

こんなに間近で見つめ合っているのは、なんだか気恥ずかしかった。

璃炎は思わず、こっちを見るなと命じそうになったが、それを辛うじて堪えた。

耿惺は奴僕ではない。ただの使用人とも違う。矜持《きょうじ》を傷つけるような真似をすれば、今の信頼関係が壊れてしまう。

璃炎はまだ十歳だが、ずっとまわりの大人の貌色を窺いつつ生きてきた。だから、ほんの少し観察するだけで、耿惺が今の境遇を屈辱だと思っているのを察することができたのだ。

「他の兄弟も皆、青い目をしているのか？」

「いいえ、青い瞳は俺だけです」

「そうか」

仕向けた会話はそこで途切れてしまう。

耿惺は決して自分から璃炎に話しかけてくることはなかった。

でも、もっと耿惺と親しくなりたいと思う。身分の差など関係なく、もっともっと本音を明かせるような身近な存在になりたかった。

「ちょっと失礼します」

耿惺はそう断って立ち上がる。

何をするのかと眺めていると、耿惺は突然花を摘《つ》み始めた。そして摘み取った花を器用に束ねていく。

驚いて見ているうちに、小さな花の冠が出来上がっていた。

薄紫と白の花を選んで作られた冠は、とても可愛らしかった。

どうぞ、と手渡され、璃炎はほんのり頬を染めた。

今日は最初から冒険をするつもりだったので、髪を全部下ろし、後ろでゆるくまとめているだけだ。簪も挿していなかったので、その代わりにせよとでも言いたいのだろう。

優しい気遣いに、胸の奥がほっこりと温かくなった。

璃炎は受け取った花冠をそっと頭に乗せ、ふわりと微笑んだ。

再び隣に腰を下ろした耿惺も、照れたような笑みを見せる。

「ありがとう。おまえは優しいな。私もおまえの弟に生まれればよかった」

璃炎は何気なく呟いた。

「弟、ですか？　妹ではなく？」

どきりとなるような問いだったが、璃炎はこくんと頷いた。

耿惺ともっと親しくなるためには、自分のほうから歩み寄るべきだろう。

「なあ、おまえの兄弟はどんな風なのだ？　おまえと似ているのか？」

「いえ、俺は崔家の鬼っ子といわれていたくらいで、この青い目もそうですが、顔立ちや体つきも、他の兄弟とは似ていません」

「ひとりだけ鬼っ子？」

「そうです」

「じゃ、ほかの兄弟はどんななのだ？」

璃炎は俄然《がぜん》興味が湧いて問いを重ねた。

耿惺は少しもうるさがらず、応えてくれる。

「お訪ね者になっている長兄は勇敢な男ですが、いささか短慮なところがあります。今回の決起が失敗に終わったのがいい例でしょう。次兄はおっとりした性格で、争い事には向きません。それでも長兄と行動を共にして、今はお訪ね者。姉は優しい人です。すでに他家へ嫁いでおり、なんとか今回の事件に巻き込まれずに済んでます」

耿惺は感情を込めず、淡々と口にした。

「では、弟や妹は？」

「そうですね。弟ふたりは、やんちゃです。妹は璃炎さまより年が下ですが、もっと……いえ、なんでもないです」

口ごもった耿惺に、璃炎はすかさずたたみかけた。

「もっと、なんだ？　隠さずに言え」

「は、あ……。しかし、今少し不埒なことを思ってしまったので、とてもお聞かせできませ

ん」

　耿惺はいかにもばつが悪そうに首を振る。

「私の命に逆らうのか？　どんなことでもかまわぬ。ちゃんと言え」

　璃炎はわざと厳しい声音で命じた。

「では、お叱りを覚悟で申し上げます。うちの妹は、璃炎さまより、その……おしとやかというか……」

　璃炎は一瞬きょとんとなった。

　それからふいに声を立てて笑い出した。

「あはは……私よりおまえの妹のほうがおしとやか……それはいい。ああ、おかしい」

「璃炎さま？」

　眉をひそめた耿惺に、璃炎は唐突に決意した。

　女らしくないと思われたなら、これほどいい機会はないだろう。

「なあ耿惺。おまえは秘密を守れるか？　絶対に守ると誓うなら、私の秘密を教える」

「璃炎さまの秘密、ですか？　もちろん、何を伺ったとしても他に漏らすようなことはいたしません。誓います。しかし、無理をなさる必要は……」

　耿惺は遠慮がちに答える。

　しかし、「誓います」との言葉に込められた気持ちは、しっかりと伝わった。

「耿惺、手を出せ」

「はい」

不審げに答えつつ、耿惺が片手を出す。

その手首をつかみ、璃炎はすっと立ち上がった。

「璃炎さま、何をなさるおつもりですか？」

「おまえは黙っていろ」

璃炎はきつく言いながら、自ら裳をまくって耿惺の手を下肢へと導く。

指先に触れた膨らみに、耿惺はびくっと緊張した。

「こ、これは……！」

信じられないように絶句した耿惺に満足し、璃炎はようやくつかんでいた手を離す。

そして元どおり、すとんと隣に腰を下ろしながら、羞恥を払うように吐き出した。

「わかっただろう。これが私の秘密だ。誰にも言うなよ？」

「わ、わかりました。璃炎さまの秘密は誰にも漏らしません。誓います」

上ずった声で言う耿惺に、璃炎は晴れ晴れとした気持ちで微笑んだ。

耿惺には知っていてほしいと思った。

館の中では公然の秘密。だが、外部から出入りする者は誰も知らない。

呉丁玄が館の奥深くで大事に大事に育てているのは自分の姫などではなく、先の皇帝の皇子だということを――。

大方の事情を察したのか、耿惺は悲痛な表情となっていた。

「母上は？」

「赤児だった私から、追っ手の目を眩《くら》ますため、囮《おとり》となられて殺された」

「……」

「赤ん坊の頃の話だ。私は何も覚えていない」

「しかし」

「同情する必要はないぞ。これは持って生まれた私の運命だ。おまえだって、そうだろ？　貴族の若さまだったのに、今は奴僕の身……」

「俺のことはいいのです」

耿惺はたまらなくなったように叫び、その直後いきなり璃炎を抱き寄せてきた。

「あ……」

璃炎は息をのんだが、耿惺の腕の力はゆるまない。

高貴な身に勝手に触れてはならない。その禁忌《きんき》さえ少しも気にしていないかのように、しっかりと璃炎を抱きしめた。

「耿惺……」

誰かに抱きしめられるのが、こんなにも心が温かくなるものとは思わなかった。

蒼天《そうてん》の下、小さな花々が咲き乱れる野辺で、次に何が起きるかも知らずに、璃炎と耿惺は
そうしていつまでも抱き合っていたのだ。

三

「そろそろ戻らないといけませんね」

耿惺の声に、璃炎は渋々頷いた。

「仕方ないな」

「また機会があれば、外へお連れします。そのためにも今は館に戻りましょう」

野辺に来た時と同じで、耿惺の手で抱き上げられて馬の背に乗せられる。

もう男子だと明かしてしまったので、耿惺に抱かれてもあまり恥ずかしくはなかった。

「また、来られるかな？」

「いつか、きっと……」

しかし、そう言った耿惺がふいに後方を振り返る。

その直後、小鳥が囀《さえず》るだけだった静かな野辺に、時ならぬ蹄《ひづめ》の音が響いてきた。

馬が一頭や二頭ではない。中にはがらがらとうるさい馬車の音も混じっている。

「あれはなんだ？」

問い質している間にも、馬の集団はどんどんこちらへと近づいていた。

耿惺は大地に立ち、馬の手綱をしっかり曳《ひ》いている。だが、馬上の璃炎よりも先に、その集団の正体に気づいていた。

「璃炎さま、どうやら館を抜け出したのが露見したようです」

耿惺は落ち着いた声を出したが、璃炎はひやりとなった。

侍女たちが手配したにしては、この集団は物々しすぎる。もし、丁玄に知られたとすれば、あとがどうなるか恐ろしかった。

もちろん責めを負わされるのは、自分ではなく耿惺だ。

「よいか、耿惺。おまえは私の命に従っただけだ。従わねば命を奪う。私にそう脅された故、仕方なく連れ出したと言え。養父上のお叱りは私が受ける」

「璃炎さま、それは」

耿惺は驚いたように見上げてくる。

だが璃炎はゆっくり首を左右に振った。

「耿惺、おまえのことは私が守る」

「璃炎……さま」

決意を込めた言葉に、耿惺は切れ切れに名前を呼んだだけだ。悲痛な表情を見れば、耿惺もまた、自分ひとりが責めを負う気でいたことがわかる。

けれど、感傷に浸っている暇はなかった。ふたりはすぐに馬と馬車の集団に取り囲まれたのだ。

「姫！　よくぞ、ご無事で」

馬車から転げるように降りてきたのは丁玄だった。

璃炎が乗った馬まで駆け寄って、耿惺を乱暴に払い除ける。

普通なら、それぐらいでぐらついたりはしないはずなのに、耿惺は最初から覚悟を決めていたのだろう。簡単に地面に叩き伏せられて蹲った。

そこへ大勢の屈強な男たちが駆けつけて、いきなり耿惺に殴る蹴るの暴行を加える。

「乱暴はするな！」

璃炎は思わず叫び声を上げたが、男たちは少しも手を止めない。

誰よりも身分が高い。普段からそう教えられてきたが、いざとなれば自分にはなんの力もないのだ。

「養父上、お願いです。止めさせてください！」

璃炎は、この場で一番権限を持つ丁玄に、懸命に頼み込んだ。

「姫、何をおっしゃいます？　お優しいのはけっこうですが、その者は姫を騙《だま》して連れ去ろうとした大悪人ですぞ」

「違います、養父上。外へ連れていけと我が儘を言ったのは私です！　耿惺はいやいや従っただけです。だから、許してやってください」

「こればかりは、なりませぬな」

にべもない言葉に璃炎は息をのんだ。

しかし、その間にも男たちは耿惺を殴り続けている。

璃炎はたまらず、馬から飛び下りた。勢いで耿惺に作ってもらった花冠が地に落ちる。

それでもかまわず璃炎は駆け出していた。

「ひ、姫っ！」

意表をつく行動だったのか、丁玄もとっさには止められない。

璃炎は懸命に耿惺へと駆け寄った。

ぼろぼろになった耿惺を庇うように、大きく腕を広げて身を投げかける。

さすがに主の姫を巻き添えにする勇気を持つ者はおらず、そのまま一瞬の間が空いた。

「姫、おどきください。そのような者を庇われてなんとなさる気ですか？　さあ、こちらへ」

遅ればせながら駆けつけてきた丁玄が、肩をつかんで揺する。

それでも、璃炎は必死に耿惺にしがみついていた。

「いやです。どきません」

いつもなら丁玄の言に従う。逆らうことなど考えもしない。

だが、これはかりは駄目だ。自分が離れれば、耿惺が殺される。

「姫、聞き分けのないことをおっしゃるものではありません」

「いやです！　耿惺を殺さないで！」

梃子《てこ》でも動かないといったふうに繰り返すと、丁玄がやれやれとため息をつく。

「姫には敵《かな》わない。この者の命を奪いはしません。お約束しましょう」

「ほんとに？　ほんとに許してくださるのですか、養父上？」

璃炎は涙で濡れた目で、丁玄を振り返った。

煌びやかな衣装を着た丁玄の姿は、花盛りの野辺では異質だった。

璃炎は真意を探ろうと目を凝《こ》らしたが、丁玄の貌には取ってつけたような笑みが浮かんでいるだけだ。

「さあ、こちらへ。もう館に戻りましょう」

丁玄に手を差し出されると、もうこれ以上は逆らってもいられない。

あまり我を張りすぎれば、丁玄の機嫌を損ねてしまう。そうなれば、もっと恐ろしい事態になるだけだ。

璃炎は仕方なく丁玄に手を預けてその場から立ち上がった。

「そいつは縛り上げておけ」

短く発せられた命令に、ずきんと胸が痛んだが、今はどうすることもできなかった。

楽しかった時は終わりを告げ、璃炎は丁玄の馬車に乗せられて館へと戻ることになった。

事が露見したのは、丁玄がふいに館を訪ねてきたからだろう。

おそらく泡を食った小芳が乳母の部屋まで璃炎を迎えに来て、そのあと大騒ぎになったに違いない。

璃炎は馬車の中でも切々と訴え続けた。

「養父上、私が悪かったのです。だから、耿惺は許してやってください」

「姫はあの者のことをそれほど気に入られたのか？」

不機嫌そうに問われたが、璃炎は素直に頷いた。

今さら取り繕ったところで遅すぎる。

丁玄はまた大仰《おおぎょう》にため息をつく。

「姫のためになればと思い、あの者をお傍に上げましたが、失敗でしたな。こんな大それたことをしでかすとは」

「ですから養父上、耿惺は悪くないのです」

「それそれ、そうやって姫のお心を惑わすとは、とんでもない話」

冷たく言い切られて、璃炎は黙り込んだ。

しょげた様子を見て、丁玄はやっと満足を覚えたのか、それ以降は逆に機嫌を取るようなことを言ってくる。

「姫はそんなに外に出てみたいと思っておられたのですか？」

「……はい」

「お気持ちを察することができなかったのは、この丁玄にも罪があることですな。よろしい。

今後はなるべく姫を外へとお連れしましょう」

「……」

思いがけない言葉だったが、すぐには反応できなかった。

飛び上がって喜ぶべきなのに、少しも嬉しくない。

外の世界を見たい。その望みはもう耿惺が叶えてくれた。それに、耿惺と一緒じゃなければ、館の外へ出たとしても、それほど楽しくないだろうとも気づいてしまった。

「どうなされた？　嬉しくはないのですか？」

「あ、いえ、ごめんなさい。あんまり驚いたので……。でも、ありがとうございます。養父上がお連れくださるなら、ほんとに嬉しいです」

璃炎は胸を喘がせながら、必死に言い訳した。

それでも、丁玄は満足げに頷く。

「では、楽しみになさっていてください。そうですな、秋の盛りになれば紅葉の美しい場所へ行きましょう。山の麓《ふもと》に一軒別邸がある。きれいな谿流《けいりゅう》があって、そこに色づいた葉が流れていく様は一興です」

「……楽しみにしております」

「雪景色がきれいな別邸もある。それに春になれば少し大きな宴《うたげ》などを催《もよお》してもいい」

丁玄は様々なことを並べたが、璃炎は少しも興味が湧かなかった。

気になっているのは耿惺の扱いだけだ。

しばらく大人しく話を聞いていた璃炎は、我慢できずに問い質した。

「あの、養父上……耿惺のことはいかがなさるおつもりですか？」

「気になるのですか？」

「はい」

素直に頷いた璃炎に、丁玄はまた大きくため息をつく。

「あの者の罪は死罪に値する」

「そんな……っ！」

璃炎は息をのんだ。

胸の奥が鋭い刃物で抉《えぐ》られたような痛みを訴える。そして、どっと涙が溢れて止まらなくなった。

「そんなにあの者のことを助けたいですか？」

「どうか……養父上、どうか耿惺をお助けください」

唇を震わせると、丁玄は優しげに頭を撫でてくる。

それで璃炎はふと、花冠を落としてしまったことを思い出した。

耿惺がせっかくこしらえてくれたものなのになくしてしまった。それもこの恐ろしい事態を暗示していたのだろうか。

「姫がそれほどまでにおっしゃるなら、考えないでもないですが……」

「どうか、お願いです、養父上。私にできることならなんでもします。ですから、耿惺を助けてやってください」

璃炎がそうたたみかけると、丁玄が何故かきらりと目を光らせる。

「仕方ないですね……しかし、姫、これが特別の計らいだということは肝に銘じておいてくだされ」

「はい、肝に銘じます。今後、私はなんでも養父上のおっしゃるとおりにしますから」

璃炎はなんの疑いも持たず、そう答えた。

もし仮に、この先何か理不尽なことを命じられたとしても同じこと。

耿惺が助かるなら、なんでもするつもりだった。

「そのお言葉、どうぞお忘れなく」

「はい」

丁玄とそんなやり取りを交わしている間に、馬車は館へと到着した。

璃炎は侍女の手に渡され、耿惺の様子を見に行くことは禁じられた。

しかし、耿惺がちゃんと許されるまでは、我慢しているしかなかったのだ。

†

耿惺に下される罰が決定したのは、翌日のことだった。

「璃炎さま、丁玄さまがお呼びでございます」

「養父上が？」

私室まで呼びにきた小芳の貌はいくぶん青ざめている。

璃炎は不審を覚え、首を傾げた。

「耿惺に棒叩きの刑に処するとのこと。これより執行するので、璃炎さまにも見届けていただきたいとのことにございました」

「な、なんだと？　もう一度言ってみろ！　耿惺をなんの刑に処すると言うのだ？」

璃炎は真っ青になりながら問い返した。

あまりのことに、唇も手もぶるぶる震えてしまう。

「棒叩き、です。通常は百回のところ、姫さまの特別のご温情をもって、五十にすると」

「駄目だっ！　駄目だ、駄目だ、駄目だ！　そんなに叩いたら、耿惺が死んでしまう！」

璃炎はどっと涙を溢れさせながら、駆け出した。

「お待ちください、璃炎さま！」

小芳が慌てて追いかけてくるが、かまってはいられない。

邪魔な裳を両手で持ち上げ、まっしぐらに丁玄が使っている表の一画へと走った。

その場で首を刎《は》ねられるよりましかもしれないが、百叩きの刑に遭って生き延びる者はほとんどいないと聞いている。それがたとえ五十回でも、太い棒で叩かれるのだ。命があるかどうか危ぶまれる。

璃炎が息せき切って表へ駆けつけた時、刑の執行準備は整っていた。

白砂を敷きつめた庭に、頑丈な土台が据えられている。そこに上半身を裸に剥《む》かれた耿惺が背中を見せて縛り付けられていた。

丁玄は露台の上からそれを検分する格好だ。

「養父上！　お願いです」

璃炎は懸命に丁玄に取り縋った。

「おお、まいられたか。ちょうど刑を始めるところです」

丁玄は何事もなかったかのように平然とかまえている。

璃炎は涙を溢れさせながら、首を振った。

「養父上、棒叩きなど、あんまりです」

「何がですかな？　姫のたってのお言葉ゆえ、あの者の命は助けることにしました。しかし、罪は罪。断罪に処するところを百叩きですませようと言うのです。それも姫の願いゆえ、たったの五十回に減じました。これ以上はどうにもなりません」

「……養父上、でも……」

丁玄は璃炎を傍に引き寄せ、宥めるように頬の涙を拭う。

「姫、お約束をもうお忘れか？　これからはなんでもこの丁玄の言に従う。そう約してくださったはずですが」

やんわりと咎められ、璃炎は唇を噛んだ。

丁玄の言い方は氷のように冷たかったが、反論の余地はない。あの時確かにそう約束させられた。しかも断罪が百叩き、そこからさらに五十回まで減らされたのだ。これ以上の無理は言うなとの言葉には、もう逆らいようがなかった。

「さあ、姫。見届けてやりなさい。あの者が姫のご温情を喜びとするなら、耐え抜いてみせましょう。ですからしっかりと目をそらさずに、見届けるのです」

丁玄はそう言って、璃炎の身体を反転させる。

そうして使用人に合図を送り、悲惨な刑が始まった。

最初の一撃でなめらかな皮膚が破ける。

四角く削られた棒は、簡単に耿惺の肌を抉った。

三回も叩かれる頃には、血飛沫があたりに飛ぶ。

「いやっ」

璃炎は両手で自分の口を塞いだ。そうしないと悲鳴を上げてしまいそうだ。

「なかなかの強者だ。叫び声を上げぬ。だが、これからはどうかな。裂けた場所を抉られれば、相当な痛みだろう。それでも叫ばずにいられるかどうか」

隣で丁玄が揶揄《やゆ》するように言う。

まるでわざと怖いことを璃炎に聞かせて、面白がっているかのようだ。

けれども棒叩きの回数が進んでも、耿惺は叫び声を上げなかった。

叩かれた瞬間は思わず呻《うめ》き声を漏らすが、必死に叫びを堪えている。

棒で叩いているのは、普段丁玄の警護についている大男だ。

「しぶとい奴だ。これでどうだ？　そら、もう白い骨が見えてきたぞ」

大男は残忍な笑みを浮かべながら、さらに棒を振り上げる。

狙いすましたように深い傷を目がけてその棒が振り下ろされた。

「くっ」

短い呻きとともに、耿惺の背中がびくんと大きく跳ね返る。一瞬遅れて、大量の血飛沫が
あたりに飛んだ。

「いや――――っ！　あ、あぁあ――っ……」

耿惺の代わりに悲鳴を上げたのは璃炎だった。

庭中に響き渡った悲鳴に、誰もが胸を痛めた。

それでも、無残な刑は最後の一回まで、残すところなく執行されたのだった。

†

耿惺は高熱に浮かされながら、しくしくと悲しげなすすり泣きの声を聞いていた。

忍びやかで遠慮深い泣き声なのに本当に悲しげで、思わず慰めてやりたくなる。

「……」

声を出そうとしたが、呻きさえも上げられなかった。

高熱を発しているのか、身体中が熱い。それに背中が特にひどくて、まるで焼け火箸《ひばし》でも当てられているかのように痛んだ。

「……ごめん、耿……、ひっく……わ、……私のせいで……死なないで……こ、……ひっく……ひっく……」

ああ、これは璃炎さまの泣き声だ。

耿惺はようやくそう知覚した。

身を伏せて横たわる耿惺の傍に、璃炎が泣きながら座り込んでいる。

背中が耐えがたいように痛むのは、棒叩きの刑を受けたからだ。

「……泣か……な、……で……」

ようやく掠れた声を上げると、すすり泣いていた璃炎がはっと息をのむ。

「こ、耿惺？　だ、大丈夫？」

心底心配そうに問われ、耿惺は元気づけるつもりで頬をゆるめた。

しかし、笑うところまではさすがに無理だ。身体中が強ばって言うことをきかなかった。

「私のせいで耿惺が……耿惺が死んじゃったら、どうしよ……て、ひっく……も、生きて……られ、ひっく……」

璃炎はまた新たな涙にくれたように、切れ切れに訴える。

可哀想な璃炎をどう慰めてやればいいのか、耿惺にはわからなかった。

記憶が徐々に戻るにつれ、腹立たしさも募ってくる。

耿惺には最初からある程度の覚悟があった。

一度も館の外へ行ったことがない。

それは、どれだけ璃炎の存在が秘匿《ひとく》されていたかを裏づけている。

その璃炎を密かに連れ出したのだ。露見すれば当然、罪に問われるのはわかっていた。

それでも璃炎の喜ぶ貌が見たくて実行したのだ。

ゆえに、発覚すれば己の命がないことぐらい、わかっていた。

心配だったのは、璃炎がどれだけ胸を痛めるかだった。

あの夜、牢に入れられた耿惺の許に、思案顔の丁玄がやって来た。

姫のたっての願いで、おまえの命を助けることにした。だが、罪は罪。だから選べ。棒叩きを受けて生き延びれば、元どおり姫に仕えることを許す。あるいはこのまま石切場へと送るか。どちらでもおまえの好きなほうを選べと――。

丁玄は、最初から耿惺が棒叩きを選ぶことがわかっていて、選べと言ってきたのだろう。命がなくなるところを棒叩きですむなら、なんということもない。もし運悪く、叩かれているうちに息が絶えれば、残った家族は悲嘆にくれるだろう。

しかし、それも運命だ。

耿惺が許せないと思ったのは、刑の執行を璃炎に見せたことだ。

棒で叩かれる痛みなど、絶対に耐えてみせる。叩かれたぐらいで死にはしない。

そう堅く決意していた耿惺も、まさかあの場に璃炎が来ているとは思わなかった。

叩かれる痛みより、璃炎の悲しい叫びのほうがどれほど痛かったことか。

何故、あんな残酷な場面を璃炎に見せる必要があったのだ？

おそらく丁玄は、璃炎を脅し言うことを聞かせるために、あえてそうしたのだ。

璃炎は自分のせいだと思っている。なのに、あんな場面を見せられれば、どれほど心を痛めるか。

悲痛に叫んでいた璃炎が可哀想で可哀想で、耿惺は守ってやれなかった自分を呪った。

もし、自分にもっと力があれば、璃炎をあんな悲しい目には遭わせなかった。

今だって、璃炎はこんなにも悲しげに泣き続けている。

「……泣かないで……璃炎、さま……俺は、大丈夫……ですから……」

「耿惺……っ」

「璃炎さまのせいじゃない……お、俺にもっと力があれば……」

「違うよ、耿惺……。私にもっと力があれば、おまえをこんな目に遭わせなかった。ち、養父上にお願いした。おまえを助けてくださいって。だ、だけど、養父上は……っ」

たまらなくなったのか、璃炎は言葉を途切れさせる。

耿惺は懸命に力を入れて、腕を上げた。

そうして涙をいっぱい溢れさせている璃炎の肩を抱き寄せる。

「くっ」

だが途中で力尽きて、結局は璃炎に腕を預けることになった。そうしてうつ伏せのまま、片手で璃炎の小さな身体を抱き込むような格好になる。

「す、すみません」

「いいのだ、耿惺……。おまえは温かい。ちゃんと生きているのだな……」

「璃炎さま……ご心配をおかけして……申し訳、ありません」

懸命に首を曲げると、ごく間近に璃炎の瑠璃色の瞳があった。

頬はまだ涙に濡れている。

ふいに愛しさが込み上げて、耿惺は瞠目《どうもく》した。

生意気な子供だと思い、凛とした威厳に気圧《けお》された。無邪気に笑う笑顔にも魅せられて、今また璃炎は自分の心をわしづかみにする。

もう二度と悲しい目には遭わせない。必ず力をつけて、璃炎を守りきる。

耿惺は瑠璃色の双眸に魅せられながら、堅く己に誓った。

「耿惺……私はもう二度と……おまえを苦しめるようなことはしない。……これからは私がおまえを守る……だ、だから、耿惺……早くよくなって」

璃炎が吐息混じりに言う。

耿惺はあまりの驚きで、不覚にも涙をこぼしてしまいそうになった。

守ってやりたいと思ったのは自分のほうなのに、幼い璃炎まで同じことを言う。

「璃炎さま……」

狭い使用人部屋の粗末な寝床で、幼い主と傷ついた若者はいつまでもそうして抱き合っていた。

四

「璃炎さま、読みたいとおっしゃっておられた書が手に入りました」

張りのある声とともに、逞しく成長した耿惺が庭先に姿を見せた。整った顔にもいちだんと精悍《せいかん》さが増し、璃炎には羨ましい限りだ。

「すぐに読みたい。手数をかけるが、運んできてくれないか？」

「かしこまりました」

答えた耿惺はすぐに背を見せ、庭づたいに館の表へと去っていく。

長身でも隙のない歩き方だ。耿惺は世話係の仕事をこなしながら、寸暇を惜しんで剣や槍の稽古《けいこ》もしている。鍛錬《たんれん》の成果は優雅な動作にもしっかりと現れていた。

身分はまだ奴僕だ。それゆえ飾りのない筒袖の上衣と下衣をつけ、腰で紐を結んでいるだけだ。子供の頃ぼさぼさだった黒髪は艶を増し、後ろですっきりと結んでいる。

璃炎のほうはいまだに女の格好をしたままだ。艶やかな深衣に裳をつけ、黄金の髪だけではなく首や腕、腰にもいっぱい飾り物を帯びていた。

そして相変わらず籠の鳥同然の暮らしが続いている。

しかし、ここ数年で少しは外へ出歩けるようになった。行列を仕立て、輿での移動だったが、以前に比べればずいぶんましになったとも言える。

勝手に抜け出して耿惺を死ぬような目に遭わせて以来、璃炎はさらに用心深くなった。丁玄には決して本心を見せないし、逆らうこともしない。そうじゃないと、また耿惺を痛めつけられてしまうかもしれないからだ。

侍女たちは今でも口癖のようにいう。

――丁玄さまのおっしゃるとおりになさいませ。丁玄さまのお力がなければ、我らは生きてはいられませんでした。

その言葉の裏にある真意を、今の璃炎はよく知っている。

養父は相変わらず璃炎を立て、何かと気を配ってくれるが、それはあくまで璃炎を掌中《しゅちゅう》の駒《こま》だと思っているからだ。

――いずれ、時がくれば、璃炎さまこそ皇帝となられるお方。

繰り言のように聞かされるたびに、璃炎は背筋がひやりとなる。

丁玄は璃炎を皇帝に立てて、自分が丞相《じょうしょう》となる夢を捨てていないのだ。

璃炎より三ヶ月だけ早く生まれた皇帝も、今は十八。物事を冷静に見極められる有能な側近がつけば、自ら政務を執り行うことが可能な年になっていた。

そんななかで朝廷を転覆《てんぷく》させるような真似はできない。それなのに、丁玄には少しも諦めた様子がなかった。

兄を廃位させ、璃炎が代わりに即位するとなれば、再び無益な争いが起きる。

それゆえ、最近の璃炎は、兄が一日でも早く正しい政《まつりごと》を執り行ってくれることだけを願っていた。

つけいる隙がなければ、いくら養父が大それた望みを抱いたとしても成功はしない。

「お待たせいたしました」

考え事をしているうちに、耿惺が両手で多くの竹簡《ちっかん》をかかえて戻ってくる。

「ご苦労だった」

璃炎は涼やかな声で耿惺を労《ねぎら》った。

十八になり、璃炎の美しさにはさらに磨きがかかっていた。

侍女たちは、璃炎が男子であることをよく承知しているくせに、肌や髪を磨き立て、美しく着飾らせようとする。お陰で璃炎は、どこの姫君も敵わないほどの美貌となっていた。

耿惺に買い求めるよう頼んだ書物は相当な量だった。竹を割って短冊にしたものに文字を書きつけ、それを繋げてある。しかし、一巻きの竹簡に収められる文字数など知れている。

それゆえ書物ひとつとなると、竹簡の山が築かれるほどだ。

耿惺はその中から最初の部分を選んで机の上に載せ、残りは木箱の中に積み上げた。

「ありがとう」

八年の間、耿惺は陰日向なく、よく璃炎に仕えてくれていた。

恨まれても仕方ない状況だったのに、璃炎を許し、守るとまで言ってくれたのだ。耿惺には性別を偽っている事情も明かした。

それゆえ今の璃炎には一番頼りにするべき人間になっていたのだ。

「ところで耿惺、都の様子はどうだった?」

「はい、よくありませんね。荷車に家財を積んで逃げ出す者を大勢見かけました」

さらりと答えた耿惺に、璃炎は整った眉をひそめた。

「もうそんな調子か……。民はいったいどこからそんな情報を得ているのだ?」

璃炎が訊ねたのは、反乱軍を指揮する将軍の噂だった。

反乱軍が挙兵したのは、都を遠く離れた西北の地でのことだ。

この八年の間、国中で反乱が起きていた。耿惺の兄が挙兵した時は、朝廷側がうまく鎮圧したが、反乱分子はいたる所にいて、統合や分裂を繰り返している。あちこちで挙兵の狼煙《のろし》が上がり、朝廷軍も手をこまねいている状態だ。

璃炎が曲がりなりにも世の中の状況を把握しているのは、耿惺が外へ出かける際に、世間で取り沙汰されている様々な噂を集めてきてくれるからだ。

政を行う者たちが何を考えているかまでは知りようがないが、おおよその行動は世間の噂で予測できる。

また璃炎は率先して書物を読むことで、自分なりの判断が下せるようにもなっていた。

「民は弱いゆえに敏感で、自分の命が危ないとなると、いち早く反応します。陳凱《ちんがい》将軍が率いる軍は真っ直ぐ都を目指しているとのこと。将軍は救国の名の下に、各地でひどい略奪を繰り返しているとか。もし陳凱将軍が都に入れば、家財も命も奪われてしまうのではないかと恐れているようです」

耿惺の的確な説明に、璃炎は眉をひそめた。

「陳凱将軍とは、そのように恐ろしい者なのか」

「噂では、そのような人物らしいですね」

「それで、将軍の目的はなんだ？　都を目指しているというのは、何を目論《もくろ》んでのことだ？」

璃炎が重ねて訊ねると、耿惺は考え込む素振りをみせる。

奴僕の身に堕とされるまで、耿惺は将来有望な若者だったのだろう。勉学に励むようになった璃炎も、世の中の有り様を見る目はまだまだ耿惺には敵わなかった。

しばらくして、その耿惺がぽつりと不穏な言葉を漏らす。

「陳凱将軍は、朝廷の転覆を謀《はか》っているのではないでしょうか」

「朝廷の転覆……だと？」

あまりのことに、璃炎は息をのんだ。

「転覆、とまでは行かずとも、世の中を己の意のままにしたいという野望は持っているものと思われます」

「一介の将軍がそのように大それたことを……」

「まずは都に乗り込んで己の武力を見せつける。朝廷は将軍を無視することなどできなくなり、そのうち将軍の貌色を窺うようになる。将軍をへたに刺激すれば、今上帝のお命まで危うくなるとなれば、逆らうことなどできなくなります」

恐ろしい予見に、璃炎はぶるりと身体を震わせた。

「まさか……」

そう口にしたが、充分にあり得ることだ。

今上帝は十八になったとはいえ、いまだに政の実権は得ていない。

朝廷の転覆を狙っているのは養父だけではないのだ。

璃炎はゆるく首を振り、そのあと真剣に耿惺の青い瞳を見つめた。

「耿惺……」

「はい」

「養父上のことだが……」

「何か、ご心配なことでも？」

静かに訊ねられ、璃炎はこくりと喉を上下させた。

そうしていちだんと声を潜《ひそ》めて、胸の内の気がかりを明かす。

「養父上は常々仰せだ。いずれ時が来れば私を皇帝の座に据えると……」

「はい、わかっております」

耿惺にはなんでも明かしてある。秘密は何もないので返答も早い。

「私はそのようなこと望んではいないが、陳凱将軍が都入りすれば、養父上はなんとなさるだろうか」

「旦那さまのことがご心配ですか？」

訊ねられた璃炎は、ゆっくり頷いた。

心配なのは養父がどんな企みを実行する気なのかだったが。

「璃炎さま、たとえ何があったとしても、璃炎さまのことは俺がお守りします」

力強く宣言され、璃炎はふわりと微笑んだ。

「ありがとう、耿惺。私もおまえだけを頼りにしている」

璃炎がそう言うと、耿惺は照れたような表情を見せる。

そう、何が起きたとしても、今の自分には耿惺がいる。耿惺さえ傍にいてくれるなら、この先何が起ころうと心配なことは何もない。

養父のことを口にしたのは、ひとえに耿惺からそう言ってほしかったからにすぎない。

璃炎はじっと耿惺を見つめた。

質素な格好をしているが、耿惺は本当に美丈夫と呼んでいいほどの変貌を遂げた。

逞しい長身に端整で凛々しい貌。

今着ている上衣の代わりに、例えば皇帝が身につける豪華な深衣を着せたらどうなるだろうか。

中に着る深衣は紅などの鮮やかな色を選ぶ。上には白地に金糸で豪華な縫い取りを施した深衣だ。そうすれば襟が重なった時、紅が鮮やかに浮かび上がって美しいだろう。帯は幅広で白と金の中に、紅の線をつける。腰に佩《は》く太刀の意匠も凝ったものにする。柄《え》に玉をあしらい、飾り紐の先にも翡翠《ひすい》などの玉をつける。耿惺は元来端整な貌立ちをしている。黒髪をすっきり結い上げたさまを想像しただけで、うっとりなってしまうほどだ。そこに冕冠《べんかん》をつけた姿まで思い浮かび、璃炎はほうっとため息をついた。

自分などより、耿惺が皇帝となったほうがずっと見栄えがするだろう。そして、崔氏の血を引く耿惺ならば、そうなったとしてもおかしくはないのだ。

「璃炎さま？　どうかなさいましたか？」

いらぬ妄想を膨らませていた璃炎は、はっと我に返った。

青い瞳で真剣に貌を覗き込まれ、つい頬を赤らめてしまう。

自分ですら皇帝になることなど考えられないのに、耿惺がそうなったさまを想像するなんておかしすぎる。

「なんでもないから……」

璃炎は小さく呟いて、耿惺から眼をそらした。

不穏な噂が絶えないけれど、館の中にいれば何事も起きない。

気儘に外へ出ることが叶わぬ身だが、耿惺さえ傍にいてくれれば、今の璃炎にはなんの不足もなかった。

だから、このまま平穏な日々が続いていけばいいと思う。

いつまでも変わらず、この閉ざされた世界で、耿惺とともに生きていければ……。

それだけが今の璃炎の望みだった。

†

平穏な日々だけが望み——。

しかし璃炎の望みはそれから三月もしないうちに破られることとなった。

ある日、丁玄が慌ただしく館を訪れ、璃炎を傍に呼びつけた。

「姫さま、いよいよ我らに運気が向いてきましたぞ」

「養父上、どうなされたのです？」

丁玄はいつもどおり璃炎の下座に座ったが、心ここにあらずといった態《てい》でまくし立ててくる。

「陳凱将軍という非常に強い者が都入りを果たしました。彼《か》の者は都入りして三日のうちに、腹立たしい高官どもを三人も追放しましてな。他の者も恐々としております」

「陳凱将軍……」

今まで何度も噂を聞いていた将軍がいよいよ都にやってきたのだ。

丁玄は酒杯をぐいっと空け、再び興奮気味に話し始める。

「将軍は今の朝廷はなっておらん。盗人どもが国の政を成しているとはけしからんと仰せじゃ。まことにもっとそのとおり。璃炎さまから皇帝の座を奪った者どもだ。盗人どもとはよくぞ言ってくれたもの。皆は陳凱将軍を恐れておりますが、このの丁玄は別。璃炎さまの存在を将軍の耳に入れ、力を貸すよう命じるつもりです。わはは……、今まで散々人を見下してきた奴らが吠え面をかくことになる。こんな愉快なことはない」

「……養父上」

上機嫌な丁玄に、璃炎は沈鬱《ちんうつ》な気分になった。

やはり危惧していたとおり、丁玄は陳凱将軍に近づいて、自分を皇帝の座に据えるように、持ちかける腹づもりだ。

けれども璃炎は不安でたまらなかった。

何かいやな予感のようなものに襲われて、震え出してしまいそうだ。

「璃炎さま、嬉しいですか？　長年の望みが叶う日が近づいてきましたぞ」

酒の酔いで貌を赤らめた丁玄に訊ねられ、璃炎はゆるく首を振った。

「養父上、私はこのまま養父上の許で平穏に暮らしていければそれでよいのです。陳凱将軍のことは私も侍女たちから噂を聞きました。民は皆、将軍を恐れ、都から逃げ出しているとか……そんな恐ろしい将軍に近づいて、もし養父上の身に何かあればと思うと心配です。どうか、危ない真似はなさらないでください」

璃炎はなんとか丁玄の気持ちを変えようと、懸命に言葉を尽くした。

「おお、璃炎さまは本当にお優しいことをおっしゃる。この丁玄の身をご心配くださるか……感服いたしましたぞ。そんなお優しい璃炎さまだからこそ、我も尽くし甲斐があるというもの。どうぞ、ご心配めさるな。すべてこの丁玄にお任せあれば、よいようになりまする」

「養父上……」

璃炎がどう言おうと、丁玄の決意は揺るがなかった。

何故なら、長年帝位を望んできたのは璃炎ではなく丁玄自身だからだ。

養父を止めるにはどうすればいいか。

璃炎は今すぐにも宴席を抜け出し、耿惺に相談したかった。しかし、丁玄の機嫌を損ねることはできない。気が済むまで宴につき合うしかなかったのだ。

夜も更け、酔いつぶれた丁玄は小者の手で寝間へと運ばれていった。

酒席の片づけを始めた侍女たちを残し、璃炎も自室へと向かう。その途中で小芳にこっそりと耿惺を呼ぶように言いつけた。

「このような夜更けにですか？　いくら耿惺が事情を知っているとしても、外聞もございます。明日になさいませ」

「外聞など、どうでもよいではないか」

「そうはまいりません」

小芳が渋い貌をするのは、耿惺が宦官ではなく普通の男性だからだ。

璃炎は深窓の姫君という立場になっている。本来傍仕えは女か宦官に限るというのが常識だった。

もちろん実害などあり得ない話だし、館には信頼のおける者しかいない。それでも今夜は丁玄が泊まっているし、体裁だけは整えておきたいのだろう。

「明日までなんて待てない。それに私は姫でもないぞ。よく知っているだろう。とにかく今すぐ耿惺に相談しなければならないことがあるのだ。さっさと呼んでこぬか」

璃炎は頑強に言い張った。

「仕方ないですね。璃炎さまは一度言い出されたら頑固でいらっしゃるから……呼びにいってまいりますゆえ、お待ちくださいませ」

「ありがとう、小芳」

渋々ながら引き受けた小芳に、璃炎はかすかな笑みを見せて私室へと引き揚げた。

しかし、それからずいぶん刻が経っても、耿惺は姿を現さない。

璃炎は細かな細工の入った長椅子にしどけなく腰を下ろし、じりじりと耿惺を待った。燭台《しょくだい》の灯《あか》りが届くところはいいが、部屋は広く隅のほうは濃い闇に包まれている。その影から何かよくないものが忍び寄ってくるような気がする。

何故こうまで不安を煽られるのか、実のところ璃炎自身にもはっきりしていない。でも、いやな予感は強まるばかりだった。

「璃炎さま、申し訳ございません。耿惺は丁玄さまに用を言いつけられて、館より出かけたそうにございます」

ようやく戻ってきた小芳から聞かされたのは耿惺の不在だった。

「養父上の用事？　珍しいな。いったい何を命じられたのだろう？　養父上は何もおっしゃっていなかったが……」

「さあ、それは私にもわかりません。小者の話によると、耿惺はずいぶん慌ただしく館を出ていったとのこと。帰りもいつになるかわからないそうです」

「いつになるかわからない？」

そう訊ね返しながら、璃炎は胸の不安がますます大きくなった。

耿惺に話を聞いてもらいたかった。いや、耿惺の貌を見れば、不安など吹き飛ぶはず。そう思うからこそ、一刻も早く会いたいと思ったのに……。

「璃炎さまは本当に、なんでも耿惺、耿惺ですね」

「え?」

ため息混じりの声に、璃炎は一瞬きょとんとなった。

「長年お仕えしてきた私どももお傍におりますのに、頼りになりませんか?」

「小芳……おまえたちのことはいつも頼りにしている。だけど、耿惺は別だ」

「ほらほら、言ったそばから耿惺、耿惺と」

小芳はからかい気味にたたみかけてくる。

つんと顎をそらしてみせた小芳に、璃炎は思わず苦笑した。

「耿惺は男。おまえたちは女。違いはそれだけだろう。私は別におまえたちをないがしろにしたつもりはないぞ」

「はい、はい」

くだけた調子を保っているのは、小芳なりの気遣いなのだろう。璃炎の不安をそれとなく察して、力づけてくれているに違いなかった。

このまま何事もなく平穏な日々が続いてくれればいいと願っていたけれど、それが甘い夢であることはわかっていた。

自分の身内には先の皇帝の血が流れている。それゆえ、いつかきっと何かが起きることは承知していた。

本来なら、赤児の時にとうに命を奪われていたかもしれない。だから、これまで生きてこられただけでも天に感謝しなければならないのだろう。

「小芳、今宵《こよい》はもう休む。明日、耿惺が戻ったら、私のところに来るように伝えてくれ」

「かしこまりました、璃炎さま」

小芳のお陰で少しだけ気分が軽くなった璃炎は、それで奥の寝間へと引き揚げたのだ。

†

璃炎が感じていた不安は、それからすぐに現実のものとなった。

遣いに出されたという耿惺は何日も館を留守にし、その間に丁玄は着々と陳凱に近づいていたのだ。

そして、いよいよ陳凱が館へ招かれることになった。

目的は璃炎との顔合わせだ。

その日、丁玄は早朝から館に貌を出し、侍女たちにあれこれとうるさく命令をくだしていた。

「璃炎さまのお支度、努々《ゆめゆめ》粗相《そそう》があってはならぬぞ。我が用意した装束をお着せするのだ。それから乳母にも貌を出すように言っておけ。璃炎さまの大事が決まるやもしれぬ晴れの日だ。ここを仮の宮中と見立て、万事ぬかりなく将軍をお迎えせねばならん。あの乳母ほど宮中のしきたりに通じている者は他におらんからな」

丁玄は璃炎の新しい装束を持ち込んでいた。今までとは違って、王族の男子が身につけるものだ。

そして奥から呼び出された乳母が、小芳らを叱咤しつつ璃炎の着替えを進めていく。

「おお、おお、ご立派なお姿じゃ……乳母はもうこれで、いつ死んでもいい」

長年病で伏せっていた乳母は、ひと頃よりふたまわりは小さくなっていた。皺の寄った貌に涙を浮かべて着付けの終わった璃炎を仰ぎ見る。

鮮やかな黄色の襟に清楚な白の深衣と裳を重ね、上には豪奢な縫い取りのある袍《ほう》を羽織る。長く垂らした帯も金糸を多用した煌びやかなものだ。赤みを帯びた金色の髪は一部のみを髷《まげ》にあとは腰まで流してある。髷には翡翠の簪を挿す。その簪の端に結びつけた裂《きれ》は、璃炎の瞳と同じ瑠璃色で、長く裾まで達していた。

豪奢な装束は金色の髪と相まって、色白の美貌を引き立てている。

璃炎の美しい立ち姿に、乳母だけではなく侍女たちは皆、涙を滲《にじ》ませていた。

しかし、当の璃炎は決して喜んではいなかった。

できれば恐ろしい将軍などには会いたくない。けれども丁玄の言に逆らえるものではなかった。

「乳母はもう休んでいいぞ。あとは小芳に任せておけばいい」

璃炎は涙を流している乳母を気遣い、優しい言葉をかけてやる。

「ほんとに、あのお小さかった璃炎さまが……」

乳母は感動したように、璃炎の手を握りしめる。

いつまでも泣いていられても困るので、璃炎はそれとなく小芳に合図を送った。

「さあ、璃炎さま。そろそろお出ましくださいませ。陳凱将軍はとっくに到着され、すでに宴が始まっております」

「では、行こうか」

璃炎は短く答え、やわらかく乳母の手を離した。

自室を出たあと、小芳の先導に従って表の間へと向かう。

天気のよい日で、庭には小鳥の囀りが響いていた。

表に到着すると、将軍と丁玄が差し向かいで酒を飲んでいる。

「おお、璃炎さま。まいられましたか」

丁玄に声をかけられた璃炎は、そっと上座についた。

ちらりと視界に入った将軍は丁玄とそう変わらぬ年だが、かなりの巨漢だった。全体に脂《あぶら》ぎった貌で目がぎょろりとしている。蓬髪《ほうはつ》を辛うじてまとめて髷を結い、鼻の下と顎に縮れた髭《ひげ》を蓄えていた。

分厚い唇が酒か涎《よだれ》かわからぬもので濡れ光っているのが目に入り、嫌悪を覚えた璃炎は僅かに身をすくませる。

「璃炎さま、こちらが陳凱将軍です。そして陳凱将軍、このお方が先帝の忘れ形見、崔璃炎さまでございます」

丁玄はもったいぶった口調で将軍と璃炎を引き合わせた。

「これは……なんとお美しい若君じゃ……まるで天から舞い降りた天女のようですな」

将軍の目が肌を舐めるように見ている。

遠慮のない視線をぶつけられ、璃炎は不快感を堪えるので精一杯だった。

直答する必要がないのが幸いだ。

「長い間、このように手狭な場所におわして、お労《いたわ》しい限りです。将軍のお力にて、ぜひとも璃炎さまを……」

「おお、もちろんだ。いくらでもお力になりましょうぞ。宮中におわす帝はご病弱。ろくに食も進まぬご様子。まわりに侍《はべ》っている者も気のきかぬ者どもばかり。あれではこの国の政がうまくゆかぬのも道理。なんとかせねばなりませんからな」

将軍はそんなことを言って、そのあと大声で笑い出す。

自分こそが政をやるに相応しいと強調したいのだろう。

品のない様子に、璃炎はますます嫌悪を覚えた。

「将軍にそう言っていただいて、璃炎さまもどれだけ心強く思われるか。よしなにお願いしますぞ」

「ああ、任せておいてもらおう。そうだの、璃炎さまには今すぐ宮中へお入りいただくというのはどうだろう？」

いきなりの話に璃炎はどきりと心の臓を鳴らせた。

「しかし、璃炎さまが宮中へ入られることを快く思わぬ者どもも多いことでしょう」

丁玄が横から口を出し、璃炎はほっとなった。

しかし将軍は顎髭を弄《いじ》りながら、下卑《げび》た笑みを浮かべる。

「なんの、このわしが目を光らせておけば問題ない。宮中にいるのは腰抜けばかり。女も抱けぬ宦官だけですからな」

「しかし、宦官どもは裏で何をしでかすか、わかったものではありません」

丁玄はそれとなく注意を促した。

宮中は魑魅魍魎《ちみもうりょう》が巣くう場所だ。そんなところへ行かされたら、いつまで無事でいられるか、本当にわかったものではない。

陳凱はさすがに考え込む素振りを見せる。そうして顎髭を撫でながら口にした。

「そうか、それなら宮城近くにある離宮にお移りいただいてはどうだ？」

「はて、それはよい考えですが、今空いている離宮はないはず」

「いらぬ者は追い払えばいいだけじゃろう」

あっさり言ってのけた将軍に、さすがの丁玄も呆れたように口を噤《つぐ》んだ。

璃炎に離宮を使わせるため、今棲んでいる王族の誰かを追い出す。

将軍はそう言っているのだ。

璃炎はますます憂鬱《ゆううつ》になった。

都になど行きたくない。離宮などに棲むのはいやだ。そんな場所へ行けば、もう耿惺と気安く会うことすら叶わなくなってしまう。

「では、すべて将軍にお任せしてよいですかな？」

阿るように言う丁玄を、将軍は粗野に笑い飛ばす。

哄笑《こうしょう》が長く続いたのち、丁玄が改まった様子で璃炎を見つめてきた。

「璃炎さま、どうぞ将軍に直接お言葉を。これから璃炎さまを守護し、盛り立ててくれる者です」

都になど行かぬ！

そう叫べたらどんなによかったか。

だが、璃炎は頬を強ばらせながらも、口にするしかなかった。

「よしなに頼む」

「おお、おお、なんと可愛らしいお声か……すべてこの陳凱にお任せあれ。すぐにも都にお迎えできるように致しましょうぞ。お美しい璃炎さまに似合いの衣装をたんとご用意し、国中の玉を集めて飾って差し上げよう」

陳凱将軍はだらしなく口をゆるめて言う。

璃炎は怖気を震った。

まるで璃炎が側女《そばめ》であるかのような言い草だ。それに将軍は、国中が己のものだと思っているらしい。

とにかく璃炎は、陳凱という将軍に嫌悪しか覚えなかった。

しかし、どんなに嫌いだと思っていても、丁玄が頼りにすると言った以上、璃炎も従うしかなかったのだ。

†

久しぶりに館へ戻ってきた耿惺は、璃炎がしずしずと渡り廊下を歩いてくるのを待っていた。

陳凱将軍の宴席に呼ばれたため、璃炎は王族の正装に身を固めていた。

庭先に片膝をつき、美しさに磨きのかかった璃炎を眺めていると、ため息が出てしまいそうになる。

昔からはっとするほど可愛らしい子供だったが、今の璃炎はまるで咲き始めたばかりの芍薬か牡丹のような風情《ふぜい》だ。初々《ういうい》しさと艶やかさが相まって、男子だとわかっていても胸底があやしくざわめく気がする。

近くまで来た璃炎に、耿惺はそっと呼びかけた。

「璃炎さま、長く留守にしていて申し訳ありませんでした」

「耿惺か！」

璃炎はそう叫んだかと思うと、いきなり廊下から庭へと飛び下りてくる。

「危ないっ！」

普段は活発な璃炎だが、重そうな衣装のせいで細い身体がよろける。

耿惺はとっさに立ち上がって、璃炎を抱き留めた。

「悪い。こんな格好だったから、転びそうになった」

子供っぽい真似をしたことを恥ずかしく思ったのか、璃炎はうっすらと頬を染める。

間近で覗き込んだ瑠璃色の瞳。まるで花びらのように薄く開いた唇。それを目にした瞬間、身内に熱い情動が込み上げる。

ふいに己の欲望を思い知らされて、耿惺は狼狽《ろうばい》した。

それとは覚られぬように、静かに璃炎から手を離して距離を取った。

「お気をつけください、璃炎さま」

妙に掠れた声しか出なかったが、璃炎は気に留めた様子もなく真剣な眼差《まなざ》しで見つめてきた。瑠璃玉のように青く神秘的な双眸に、耿惺は苦もなく視線を引き寄せられる。

このままずっと見つめていられたらどんなにいいか。

そう願わずにはいられなかった。

けれども璃炎のほうにはなんの感慨もない。いつもどおり少し乱暴な物言いで耿惺を問い詰めてきた。

「そんなことより、話があったのに、どこへ行ってたんだ？」

「はい、旦那さまのご命令で、ちょっと探索に出ておりました」

「探索？　いったいなんの？」

「はい、それは……」

璃炎の追及に、耿惺は口を濁した。

丁玄に命じられたのは、地方の反乱軍の探索だった。どこがどれほどの力を持ち、そして都入りした陳凱将軍をどう思っているか、調べてこいと命じられたのだ。もちろん他言は無用だと堅く念を押されている。

それになるべくなら、反乱の様子など、璃炎の耳には入れたくない。

だが璃炎はすべてわかっているかのように質問を撤回する。

「言えないならいい。無理には聞かぬ」

「申し訳ありません」

耿惺が頭を下げると、璃炎は再び急き込むように口を開いた。

「それより耿惺、大変なんだ。私は都へやられてしまいそうだ」

「都へ？　でも、璃炎さまは……」

丁玄は璃炎を玉座に即けるために動いている。陳凱を招いたなら、璃炎が都へ行くというのは当然の成り行きだ。

けれど璃炎は駄々をこねるように激しく首を左右に振る。

「耿惺、私は行きたくない。都へなど行きたくない」

璃炎は自ら玉座を望んでいるわけではない。自分のせいで内乱など起こしたくないと恐れていた。

しかしその一方で、もしそういう刻が来るならば、否応なく玉座に即くことになるだろうとも思っていたはずだ。

「璃炎さま、怖くなったのですか？」

「違う。だって都へ行けば、おまえと会えなくなるかもしれないだろう」

怒ったように言い放たれた言葉に、耿惺は息をのんだ。

「璃炎さま……」

「おまえも一緒なら我慢する。でも離宮に行けば、今までどおりにはいかないだろう？　おまえの身分は未だに奴僕のまま。なのに私は先帝の子と認められることになる。それがどういうことかわかるか、耿惺？」

涙に濡れた璃炎を見て、耿惺は今さらのように気づかされた。

この館ではある程度身分の垣根が取り払われている。奴僕の自分が璃炎と会うことを妨げる者はいない。

けれどもそれは例外中の例外だった。

馬や牛と同様に、ものとして売り買いされるのが奴僕だ。まともな人間とも認められていない者が、高貴な人の目に触れることなどあり得ない。璃炎の声を聞くことは愚か、遠くからでも姿を見ることさえ叶わなくなる。

耿惺は我知らず戦《おのの》いた。

そんなことに耐えられるだろうか。

そして璃炎もまた、そうなることを恐れ、悲しんでいるのだ。

「璃炎さま……」

「耿惺と離れるのはいやだ！　だから、都には行きたくない。私はずっとおまえの傍にいたいんだ」

璃炎はたまらなくなったように叫び、ぎゅっと耿惺にしがみついてきた。

子供の頃と同じように、ひしと縋りついてくる。

璃炎は成長してもほっそりしたままだ。華奢な身体を抱き留めながら、耿惺は胸が震えるような感動に浸っていた。

そうだ。まだ子供の頃、璃炎を一生守り抜くと己に誓った。

今もその気持ちに変わりはない。

たとえ、邪《よこしま》な欲望に駆られそうになったとしても、璃炎を愛しく思う気持ちは昔も今も変わらない。

「璃炎さま……」

「耿惺、お願い。私を連れて逃げて」

璃炎はさらに耿惺をどきりとさせるようなことを言う。

「逃げる？」

「うん、ふたりで遠くへ行こう」

甘い囁きに、耿惺の心はぐらりと揺れた。

璃炎を連れてどこか遠くへ行く？

そしてふたりだけで静かに暮らす？

本当にそうできたら、どんなにいいか……。

だが脳裏を掠めたのは、幼い璃炎が見せた悲痛な貌だった。

昔、束の間の逃亡が露見して、耿惺が棒叩きの刑に処せられた時、どれほど璃炎を苦しめたことか。あんな思いは二度とさせたくない。力を持たぬ自分が一緒では、過去の過《あやま》ちを繰り返すだけだ。

奴僕は主の持ち物。逃亡すれば死が待つのみだ。璃炎を最後まで守ってやることができなくなる。だから、どんなに悔しくとも、今の状態では璃炎を連れて逃げることなど不可能だった。

「心配しないで、璃炎さま……。璃炎さまのことは俺がちゃんと守ります。遠く離れていたって、璃炎さまに何かあれば、必ずお傍まで飛んでいきます」

結局耿惺が口にしたのは、そんな慰めだった。

「いやだ、耿惺。遠くから見ているだけなんていやだ。すぐ傍にいてくれないといや。だから一緒に逃げよう、耿惺。養父上に逆らえば、おまえはまたひどい目に遭わされるかもしれない。我が儘なのはわかっている。それでも、おまえの傍を離れたくない。」

激しい言葉に、耿惺の胸は熱くなった。

「璃炎さま、私も璃炎さまのおそばを離れたくありません。しかし、璃炎さまを危険な目に遭わせてしまうのは許されないことです」

「私が一緒では足手まといか？　おまえが一緒ならどんなことでも我慢できる。頑張ってなんでもやってみせる。そう約束しても駄目なのか？」

璃炎は涙をこぼしながら、縋りついてくる。

こんな時だというのに愛しさが胸に溢れる。

本当にこのまま璃炎を連れて逃げることができたなら、この身はどうなろうとかまわない。

けれども、それ以上に璃炎が大切だからこそ、耿惺は諾《だく》とは言えなかった。

「璃炎さま……お許しを」

耿惺は身を切られるようなつらさと甘美な震えの狭間《はざま》で、辛うじて声を出した。

己にまったく力がないことを、どれほど悔しく思ったところで結果は変わらない。

今の耿惺にできるのは、ただ璃炎を優しく抱きしめてやることぐらいだった。

それもまた罪ではあったのだが……。

†

本当に、どうにもならないのだろうか。

璃炎を部屋まで送り届けた帰り道、耿惺はいくどもいくども同じことを考え続けた。

白々と輝いていた半月が西の空に消え、広大な館は闇の中に沈んでいる。

しかし耿惺は不思議と夜目がきき、館の中の移動に支障はなかった。それに夜遅くに璃炎の部屋から粗末な自室へと戻るのは慣れている。

丁玄に命じられ、耿惺は昂国の各地を探索してまわった。その時感じたのは、昂国の崩壊だった。

政を司るべき朝廷は腐敗しきっている。憐れなほど弱体化した朝廷のことなど、地方では誰ひとり恐れていなかった。しかし地方には地方の恐怖が存在する。

各地で反乱が起こり、それを制するためにまた別に徒党を組む者たちが現れる。四、五人で旗揚げした者たちがたちまち数万の軍に膨れ上がることがあれば、またその逆で大軍が一夜にして瓦解《がかい》することもある。そのたびに民は戦費や食料を絞り取られ、暮らしていけなくなった者がまた夜盗や反乱軍に加わるといった有様だった。

しかしこの数年で、分裂を繰り返していた勢力がいくつかの有力なものに統合されつつあった。

耿惺は昂国をまわっていた時に、ふたりの兄が加わっていた反乱軍にも遭遇した。朝廷軍と戦って敗北し、兄ふたりは行方不明。耿惺をはじめとする家族はことごとく奴婢や奴僕の身分に落とされた。反乱軍もそれでいったん消滅したのだが、数年の間にその残党が再び結集していたのだ。

耿惺はその反乱軍と接触した時、兄の噂も聞いた。

長兄の耿章は、朝廷軍に追われて昂国中を逃げまわったが、なんとか命を長らえていた。反乱軍が再び勢力を取り戻すなか、昂国太祖の血を引く者として、朝廷を倒した暁《あかつき》には皇帝の座に即くべきだと、人々の期待を集めているという話だった。

再会することは叶わなかったが、今の長兄ならば耿惺の助けになってくれるかもしれない。

呉丁玄と陳凱が結託して何か目論むとしたら、それは朝廷の転覆に他ならない。今上帝を廃位に追い込んで、璃炎をその後釜に据える気だろう。

自分に取り縋って泣いていた璃炎を思い出すと胸が痛む。

至尊の座に上り詰めるよりも、自分と一緒にいたいと言ってくれた言葉に、なんとしても応えたい。だが、将来になんの保障もないままで深窓育ちの璃炎は連れ出せない。

では、どうすればいい？

相反する思いが何度も堂々巡りをしている。

が、その時、暗がりからふいに呼びかけてきた者があった。

「耿惺、旦那さまがお待ちだ」

「はあ……」

こんなに夜遅く、いったいなんの用事だろうと、耿惺は不審を覚えた。

しかし奴僕の身では理由を問うこともできず、黙って小者に従う。

呉丁玄はすでに寝所に入っており、がっしりした木の寝台に腰を下ろしていた。

生成りの夜着をつけただけという極めて無防備な格好だ。冠もとっくに外して髷を剥き出しにしている。

「お呼びと伺いました」

耿惺は寝台からかなり離れた位置で両膝をつき、床に額を擦りつけた。

「うむ、待ちかねていた。もそっとこっちへこい」

今宵は遅くまで宴が続いていたはずだが、丁玄の面に酔った様子はなかった。

命じられたとおり距離を詰めると、丁玄はにやりとした笑みを見せる。

「耿惺、おまえがこの館に来て何年になる？」

「はっ、今年で八年ほどになります」

「おまえはその間、よく璃炎さまに仕えてくれた。璃炎さまもおまえをことのほか気に入っておられるようだしな」

「……ありがたいことでございます」

丁玄の真意が読めず、耿惺は当たり障りのない答えを返す。

「そこでだ、耿惺……おまえ、奴僕の身分から解放されたくはないか？」

思いがけない言葉に、耿惺は息をのんだ。

兄が犯した罪は重い。それゆえ残った家族は一生飼い殺しにされるのが落ちだった。たとえば今上帝が亡くなられ、代替わりの恩赦《おんしゃ》が行われるといったように、よほどの出来事でもない限り、許されることはない。

「……私の身分を元に戻してくださる……そうおっしゃっておられるのでしょうか？」

耿惺は用心深く訊ね返した。

「それはおまえの働き次第だ。聞け、璃炎さまは近く、都の離宮に移られる。陳凱将軍の後押しにて、いよいよ時節を待つことになられたのだ」

「離宮と申しますと、どちらの？」

「さてな。それは陳凱将軍が決められるだろう。おまえに機会を与えようと思ったのはそれゆえだ。離宮に入られれば、璃炎さまを警護する者の数を増やさねばならぬ。もちろん将軍も心を砕いてくださるだろうが、気心が知れた者が傍におらねば、璃炎さまも心細かろう」

耿惺は思わず喜色を浮かべてしまいそうになり、ぐっと己を戒《いまし》めた。

思わぬ幸運が巡ってくるかもしれないのに、つまらぬことで台なしにはしたくない。

「崔耿惺、おまえは璃炎さまの警護として離宮へ行け。今のままでは警護の役には立たぬゆえ、奴僕の身分を解き、おまえを武官にしてやろう」

耿惺は無言でひれ伏した。

今なら丁玄の足を掻き抱くこともできそうだ。

璃炎と離れずにすむ。それこそが今一番の望みだった。

しかし、喜びでいっぱいになっていた耿惺の頭上で、丁玄が再び口を開く。

「ぬか喜びはするなよ、耿惺。おまえをただで警備役にしてやるわけではない。それなりの働きはしてもらうぞ」

「はい、旦那さま。なんなりとお申しつけください。私にできることでしたら、なんでもやらせていただきます」

耿惺が丁寧に言うと、丁玄がくくくっと笑い出す。

決して大声で笑っているわけではない。しかし、すべてが筋書きどおりにいって、おかしくてたまらない。そう思えるような笑い方だった。

「くくっ……、よいか耿惺。璃炎さまが次の帝位に即かれたら、おまえの手で陳凱将軍を殺せ」

「！」

「いいな？　それが条件だ」

耿惺は床を見つめたままで、ぐっと両手を握りしめた。

丁玄は陳凱を利用するだけ利用して、事が成った暁には消し去るつもりでいる。璃炎の側近として権力を握る者はひとりでいい。丁玄は、将来己の身が危うくなることも計算ずみで、早々に手を打っておこうというのだろう。

この役目を引き受ければ、その代償も大きい。万一、事が露見すれば命はない。今は平穏に暮らしている家族もどうなるかわからなかった。

しかし、璃炎の傍にいたいという望みは叶えられる。それはまた璃炎の望みでもあった。

何よりも、耿惺自身の手で璃炎を守ってやることができる。

巡ってきた絶好の機会を逃すわけにはいかなかった。

「……お言葉、しかと承《うけたまわ》りました」

耿惺は床に両手をついたままでそう口にした。

五

璃炎が都の離宮へと移る日が近づいていた。

最近の陳凱は武力を盾に、都や宮廷を好き放題に掻き回している。

璃炎のために選ばれた離宮はことのほか麗《うるわ》しいもので、棲んでいた王族のひとりが犠牲になった。

陳凱が突然出ていけと迫った時、その王族は愚かにも要請を断ってしまったのだ。

王族は田舎者が何を喚《わめ》くと陳凱を悪《あ》し様に罵倒し、その翌日には盗賊に押し入られたという体裁の下、無残に命を奪われた。

それから十日も経たぬうちに、璃炎の引っ越しが決まったのだ。

璃炎を乗せた輿を中心に、長い行列が都大路を進んでいた。

前後左右に騎馬の兵士が輿を守っており、そのうちのひとりは耿惺だった。

輿の小窓からそっと外を覗くと、立派な軍装に身を固めた耿惺の姿がある。

昨夜、突然丁玄から、耿惺を供に加えると申し渡された。あの時の驚きと喜びは、とても口では言い尽くせないほどだ。

璃炎は耿惺の晴れ姿を目に収めながら、大きく胸を高鳴らせていた。

青の上衣の上に鋼《はがね》の胸当て、それに真紅の長い肩衣。佩刀《はいとう》し背中に弓を背負って騎乗した耿惺は、一介の兵士というより立派な武将に見えた。後頭部できりっと髪をひとつに結んだ顔はいっそう精悍に見える。

耿惺は奴僕だったが、いつも兄のように自分を見守ってくれていた。その耿惺がとうとう武官に出世したのだ。璃炎は我がことのように誇らしく、嬉しかった。

離宮では何が待ち受けているかわからない。それでも耿惺がいてくれれば安心できる。

「耿惺……」

輿が揺れ、そのせいで騎乗した耿惺の貌がより近くなる。

「璃炎さま」

そう言って白い歯を見せた耿惺と目が合って、璃炎は思わず気恥ずかしさを覚えた。

視線が絡むと、いつも胸がどきどきする。

まるで恋する乙女のような心地になって、身体中が熱くなるのだ。

「おまえは私の傍から離れるな」

「はい、璃炎さまは必ずお守りします」

「うん」

何気ない会話を交わしただけで、璃炎は頰を染めた。

†

離宮での暮らしが始まっても、璃炎のまわりにそう大きな変化はなかった。身分はまだ公《おおやけ》にされていない。それゆえ先帝の皇子であることは伏せ、騒ぎにならないよう、いまだに身につけているのは女用の装束だ。

秘密を守るため、璃炎のまわりを固めているのは丁玄の館から移ってきた古参の者たちだが、他にも大勢の使用人が仕えている。

変わったのは毎日のように丁玄が貌を出すこと。それに負けずに陳凱将軍も頻繁に訪ねてくることだった。

璃炎はどうも陳凱という将軍が好きになれなかった。振る舞いが粗野で話し方にも品がない。だから貌を見るたびに不快な気分になる。

しかしここまで来た以上は、将軍を無視するわけにもいかなかったのだ。

「璃炎さま、本日も麗しいご尊顔を拝し、血が熱く騒ぎますぞ」

陳凱はそう言って、璃炎に好色な目を向けてくる。

頭の天辺から爪先まで舐めるように見つめられると鳥肌が立ってしまう。

男子であることはわかっているはずなのに、将軍の目つきはまるでここが閨《ねや》であるかのようにいやらしかった。

「ほんに惜しいことで……このようにお美しい方が男子であるとは……いや、これは失言でしたな。ははは」

下卑た笑い声を立てる陳凱に、璃炎はぞっとなった。

半刻ほど我慢して、その後は気分が優れないと、宴席から離れる。

渡り廊下で新鮮な空気を吸って、ようやく人心地がつくといった日々が続いていた。

それでも、庭先で音も立てず片膝をついている耿惺の姿が目に入ると、それまでの不快感を忘れられる。

「耿惺、頼みたいことがある。部屋まで来てくれ」

璃炎はあたりを憚りつつ、密やかに声をかけた。

「かしこまりました」

耿惺は武官となってからも、今までと少しも変わらず忠誠を尽くしてくれる。

璃炎にとっては耿惺といられる時だけが、心安まる時間だった。

「耿惺と少し話したい。悪いが、しばらくふたりきりにしてくれ」

部屋に着いたと同時に貌を覗かせた小芳に、璃炎は静かに命じた。

「あまり長くはいけませんよ。館とは違って、この離宮には人が多うございます」

「わかっている」

「では、私は失礼して、乳母殿の様子でも窺ってまいりましょう」

すべてを心得た小芳は、そう言って下がっていく。

璃炎はほっと息をついて、奥の間の長椅子に腰を下ろした。耿惺は礼儀正しく、長椅子のすぐ傍で片膝をつく。

「もう、ほんとに耐えられない。あの将軍は嫌いだ」

ふたりきりになったと同時に気がゆるみ、思わず本音を漏らすと耿惺が苦笑する。

「璃炎さま、お声が高いですよ」

「だって、嫌いなものは嫌いだ」

「仕方のない方だ……もっとも、都にいる人間は皆そう思っているでしょうが」

ふたりきりになると、耿惺の態度は少し親しげなものになる。

人前では完璧な従者になりきっているが、璃炎は気取りのない素貌を見せてくれるほうがよかった。

「そんなに評判が悪いのか？　将軍は兄上……帝にも退位を迫っていると聞いた」

璃炎が自然と声の調子を落とすと、耿惺も静かに答えを返す。

「誰もが皆、恐れております。今の都で陳凱に対抗できる者は誰もいません。有力な将軍は皆、地方に追いやられ、役人の首もずいぶんすげ替えられました。陳凱はあちこちに密偵を放ち、自分を陥れようとする者や悪口を言う者を捕らえさせています。今や陳凱の力は比類なきものとなっております」

耿惺の話を聞いて、璃炎は眉を曇らせた。

落ち着いてなどいられずに、すっくと椅子から立ち上がる。

会ったこともない兄であるが、退位を迫られているという帝が気の毒だ。

しかも陳凱は、璃炎のために皇帝の座を空けようと画策しているのだから、やりきれなさはこの上なかった。

「この先、どうなると思う？　陳凱は私を皇帝の座に据える気だろうか？」

不安が増大し、璃炎は眼差しを揺らしながら訊ねた。

耿惺はゆっくり立ち上がり、宥めるように璃炎の手を握る。

「おそらくは……。陳凱がすべての権力を手中にするには、それが一番早くて簡単でしょうから」

「でも……私は傀儡《かいらい》皇帝になどなりたくない。あんな男の言いなりになるのはいやだ！　陳凱は……私を……私を……っ」

璃炎は陳凱のおぞましい目つきを思い出し、ぶるりと身体を震わせた。

皇帝の座に据えられても、璃炎には何ひとつできることはないだろう。

養父の丁玄も、璃炎を位に即けて自分は丞相となるのが望みだった。陳凱とて同じだ。しかも、陳凱はそれ以上の野心を抱いているような気がするから怖い。

「耿惺、震えが止まらぬ」

「璃炎さま……どうか、御身に触れるお許しを」

耿惺は低く呟いて、璃炎をそっと抱きしめる。

それは震えている璃炎を宥めるための動作だ。

それでも逞しい耿惺に抱かれていると、何故か安心できる気がする。

「耿惺……」

背中にしっかり腕がまわされているのが嬉しくて、璃炎はますます耿惺に身を擦り寄せた。

ふと貌を上げると、耿惺が青い瞳で見下ろしてくる。

元からきれいな貌立ちだったが、武官になってからの耿惺は、時折はっとするほどだ。それに耿惺の近くにいると、何故かいつも心の臓がうるさく音を立てる。

呼吸も苦しくなって、璃炎は胸を喘がせた。

そのせつな、端整な貌が近づいて、そっと唇を塞がれる。

「……んっ」

璃炎は思わず甘い喘ぎを漏らしながら、瑠璃色の目を見開いた。

耿惺ははっとしたように唇を離し、そのまま身を退こうとする。ぎゅっと上衣をわしづかんでその動きを止めたのは、偶然のなせる業だった。

「お許しください、璃炎さま……でも、俺は……」

「耿惺……いいのだ……私は……っ」

縋るように言った瞬間、耿惺の腕に再び力が入る。そして唇が強く押しつけられた。

「んっ」

先ほど触れられた時とは比べものにならない激しさだ。

息をすることもできず苦しくなって大きく胸を喘がせる。その瞬間、僅かな隙間からぬめったものが口中に進入した。

「んぅ……ふ、くぅ」

ねっとりと舌が絡みつき、璃炎はびくりと震えた。

初めての感覚に怯えて逃げ出そうとしたが、後頭部を押さえられ、さらに引きつけられてしまう。

「……んん……ぅう」

耿惺の舌が傍若無人《ぼうじゃくぶじん》に口中を探っている。

こんな狼藉《ろうぜき》を許しておくわけにはいかない。そう思うのに、蕩《とろ》けるような甘さも感じて頭がぼうっとなった。

舌を絡め、そうっと吸い上げられると、何故か身体の芯まで熱くなる。無礼をされているのは口だけなのに、腰から下も痺れたようで立っていることも覚束ない。

苦しくて倒れてしまいそうになった頃、ようやく口接から解放された。

「んっ、……は、ふぅ……っ」

しばらくは息が整わず、肩を何度も上下させる。

熱で潤んだ目を開けると、耿惺が食い入るように見つめていた。

けれども視線が合ったとたん、耿惺はぐいっと腕を伸ばして距離を取る。ふらついている璃炎が倒れないよう、最後まで手は離さなかったが、もう耿惺はこちらを見ない。

しばらくして璃炎が落ち着きを取り戻すと、耿惺はすかさずその場で平伏した。

「……無礼な真似をいたしました」

床に額を擦りつけた耿惺の口から、くぐもった声が漏れる。

璃炎は耿惺を見下ろしながら、寂しさを感じていた。

確かに耿惺は狼藉を働いた。身分の差ははっきりしており、これは万死に値する。

でも、そんなものがどうだというのだ。

口づけなどされたのは、生まれて初めてだった。

けれども、少しもいやではなかったのに……。

幼い頃から耿惺を兄のように慕っていた。長じてからも、侍女たちがやっかむほどに耿惺だけを頼りにして……。

今の口接で、耿惺に向ける気持ちにまた別の種類のものが加わった。

もっと近くにいたい。ずっと触れ合っていたい。

そう思うのに、今の耿惺は遠かった。

寂しいと思うのは、耿惺と対等でいられなくなったこと。そして璃炎のほうから拒絶しているわけではないのに、見つめ合うことすらできないこの距離だった。

†

——帝が崩御《ほうぎょ》あそばされたらしい。

そんな不穏な噂が人々の口に上り始めたのは、秋も深まってきた頃だった。

それと時を同じくして、毎日貌を見せていた将軍の足がふっつりと途絶えていた。

嫌悪しか感じない男に会わずにすむのはありがたいが、今度は別のことが気がかりになってくる。

そして、この日、怒りで貌を真っ赤にした丁玄がしばらくぶりで離宮にやってきた。

「彼奴め、許せぬ！」

丁玄はそう吐き捨てて、悔しげに拳《こぶし》をつくった。

そして敷物の上にどかりと座り込み、侍女に酒の用意をするように命じる。

あまりの剣幕に、璃炎は眉をひそめた。

「どうされたのですか、養父上？　何をそう怒っておられるのですか？」

「これが怒らずにいられるかっ！　おい、酒はまだか？　早く持ってこい」

三公のひとつ、司空《しくう》という地位まで上り詰めた丁玄は、陳凱などとは違って粗野な振る舞いをすることはない。なのに今の丁玄は、持ち前の上品さをかなぐり捨てていた。

「ですから養父上、お怒りの訳をおっしゃってください」

璃炎が宥めるように重ねると、丁玄がすっと目を細め、見つめてくる。

はっとするほどの冷たさを感じ、璃炎は我知らず背筋を震わせた。

「陳凱の奴め、三公制度を廃止にすると抜かしおった」

ぼそりと吐き捨てられた言葉に、璃炎は息をのんだ。

三公とは官の最高の地位。政の要となるものだ。丁玄は二年ほど前からこの三公のひとつ、司空の地位にあった。

国の根幹を成す官制をないがしろにするとは、筆舌《ひつぜつ》に尽くしがたい暴虐だ。丁玄が怒りをあらわにするのも、無理のない話だった。

「養父上……三公制を廃止するなど、将軍には本当にそんな力がおありなのですか？」

「陳凱を止められる者は、もはや都にはおらん」

丁玄は呻くように言う。

そこへちょうど侍女が、酒器を載せた脚付きの膳を運んでくる。丁玄はいきなりその酒器を取り上げて酒を呷《あお》った。

「養父上……帝が崩御あそばされたという噂、本当ですか？」

璃炎は声を潜《ひそ》めて問い質した。

もし噂が真実で、しかも三公まで廃止するとなれば、陳凱は恐ろしいことを考えているのかもしれない。

「帝のことは……わかりません」

「え？　わからない？」

問い返した璃炎に、丁玄は悔しげに貌を歪める。

「宮中の奥深くでのことは表には伝わってこない。もし、仮にそうであったとしても、宦官どもが隠す気になれば造作もないこと」

「でも、そのような大事を……」

「帝に一番近いのは尚書だ。しかし役に就いていた者は行方不明になった」

丁玄の言葉に、璃炎は凍りついた。

今上帝の生死は不明。詳しいことを知るすべもないとは……。

いったい宮中で何が起きているというのだろう。

すべては陳凱という怪物が画策したことなのだろうか。

養父は苛立たしげに酒杯を重ねている。この様子から察するに、懸命に接近を図っていたにもかかわらず、養父は陳凱から切られたのかもしれない。

原因はおそらく、互いの我欲のぶつかり合い……。

そして、もしかすると陳凱は、さらに危険なことを考えているのかもしれない。

四百年近く続いた昂室《こうしつ》を廃し、陳凱自身が皇帝として即位する気なのではないだろうか。

恐ろしい想像に、璃炎は小刻みに背筋を震わせた。

即位などしたくない。

そんな我が儘を言っていたが、事態はそれどころではない方向へ進んでいるようだ。

養父が陳凱から切られたなら、このまま無事でいられるかどうか……。

邪魔なものをすべて排除するのが将軍のやり方なら、危険は間近に迫っているということになる。

「おのれ、あの田舎者が……今に見ておれ。この丁玄をないがしろにしたことを、後悔させてやる」

丁玄は唸《うな》るように言う。

璃炎はそんな養父をただ呆然《ぼうぜん》と眺めているしかなかった。

†

翌日のこと。丁玄が離宮から帰っていったあと、耿惺が改まった様子で挨拶にきた。

取り次ぎの小者に案内されてやってきた耿惺は、軍装に身を固めている。

ちらりとその姿が目に入っただけで、璃炎は何故か心の臓を高鳴らせていた。耿惺に唇を奪われてから、もうずいぶん日にちが経つ。なのに、耿惺の姿を見かけただけで、あの時の熱い感触を思い出してしまう。

今はそんな暢気《のんき》なことを言っている場合ではないのに、自分はいったいどうしてしまったのだろうか。

「璃炎さま、私はしばらくの間、他での仕事を申しつけられましたので、そのご挨拶に伺いました」

「他での仕事？　また養父上のご命令で、どこかへ行くのか？」

いつもどおり長椅子の近くで片膝をついた耿惺に、璃炎は思わずたたみかけた。

「はい……」

耿惺は面を伏せたままで短く返答する。

まだ奴僕の時、耿惺は丁玄の命で地方へ探索に出ていたことがあった。だが、今はいかにも時期が悪かった。

「どこへ行くのだ？　いつ戻る？」

「……申し訳ございません……それは……」

「養父上が司空を廃されたことを聞いただろう？　こんな大変な時に、いったいなんの用を言いつけられたのだ？」

「……」

「おまえはこの離宮を守る武官だろう。なのに、どこか他へ行くなんて……それとも、おまえは養父上の館のほうに呼ばれたか？」

「いいえ」

何を訊《き》いてもはかばかしい答えは返ってこない。

「それなら、どうして私の許を離れる？　耿惺っ」

たまらなくなった璃炎は声を荒げた。

その時、俯いたままの逞《たくま》しい肩先が小刻みに揺れているのが目に入る。

璃炎はほっと息をついて席を立ち、耿惺の前にしゃがみ込んだ。

目も合わせてくれないのでは、耿惺が何を考えているかわからない。わからなければ、不安がもっと大きくなるだけだ。

「ちゃんと私を見てくれ、耿惺。私は赤児の頃から養父上の庇護を受けて生きてきた。だから、養父上よりも私の命を優先しろとは言えない。でも、約束してほしい。用が終わったら、必ず私の許へ戻ってきてくれ」

静かに告げると、耿惺がふっと面を上げる。

「璃炎さま……」

ようやく貌を合わせてくれた耿惺に、璃炎は微笑みかけた。

それでも耿惺の様子はどこかおかしい。端整な貌に暗い影が浮かんでいるように見える。表情も硬く、全身を強ばらせている感じだった。

よほど大変なことを命じられたのだろうか。でも、それを訊ねたところで耿惺は何も答えてくれないだろう。

「耿惺」

璃炎はそう呼びかけながら、耿惺の手をつかんだ。

びくりと引こうとするのを許さず、ぎゅっと両手で握りしめて長衣の胸元に寄せた。

不安に震える心の臓あたりに耿惺の手が触れる。

「私にはおまえだけが頼りだ、耿惺」

「……璃炎さま」

形のよい唇から漏れたのは苦しげな声だ。

耿惺は何かを必死に堪えているのだろう。

耿惺が何も言えぬなら、自分から言うしかない。内心の不安をすべてぶつけて、耿惺の胸に直接刻み込んでおくしかなかった。

璃炎はじっと青い双眸を見つめながら口にした。

「養父上が目論んでおられたことは失敗したようだ。これからどうなさるつもりかわからぬが、これで私が即位するという話も立ち消えになっただろう」

「……」

耿惺は沈黙を守っていた。それでも澄んだ眼差《まなざ》しは、璃炎に何かを訴えかけている。

「耿惺、私は自由になりたい。今まで古参の者たちの行く末が気がかりで、養父上が言われるとおりに生きてきた。でも、もはやそれだけではすまぬ事態になるだろう。だから、いざという時が来たら、私は皆に暇《いとま》を出そうと思っている。私の許にいるよりも、縁者を頼って都から逃げたほうがいい。私の傍にいれば、また巻き添えを食うだけだからな……」

璃炎はそこまで言って、束の間逡巡した。

けれどもすっと息を吸い込んで、迷いを振り切った。

「でも耿惺、おまえだけは私の傍にいてほしい！　だから……だから、必ず戻ってくると約束してくれ！」

「璃炎さま」

感情を迸《ほとばし》らせると、耿惺は我慢しきれなくなったように、握られた手を引いた。その反動で前に倒れ込んだ身体をしっかりと抱きしめられる。

「耿惺……っ」

「必ず……璃炎さまは、俺が必ずお守りします！」

璃炎は逞しい胸に貌を埋めながら、涙を溢れさせた。

夜気が肌に染みる頃だが、耿惺に抱かれていれば温かい。

そして璃炎の脳裏には、何故か幼い頃の光景が過《よぎ》った。

塀から落ちた自分を力強く受け止めてくれた奴僕の少年……泉水に落ちた時も耿惺はしっかりと抱き上げてくれた……ふたりきりで野辺へ逃げ出した時には、きれいな花冠を被せてくれて……耿惺が棒叩きに遭った時、自分は堅く心に誓った。

耿惺は絶対に自分が守ってやるのだと——。

けれども、いつもいつも守られてきたのは、自分のほうだった。

†

呉丁玄の供として陳凱の棲む宮殿に赴いた耿惺は、闇の中にひっそりと身を沈めていた。

広大な宮殿は、三代前の皇帝が存命だった頃に造営が開始され、途中で資金不足のため完成を見ぬまま放置されていたものだ。それに目をつけた陳凱が、恐ろしいほどの人手と巨費を投じて己のものとした。陳凱はこの宮殿に略奪で溜め込んだ財宝と美女たちを集めているという。

夕刻、丁玄は耿惺の他にも何人かの供を連れて、陳凱を訪れた。

最初のうちは何かと接近を図っていたふたりだが、その関係は最近になって冷えたものとなっている。陳凱が急速にあらゆる権力を手中にしてしまったことが原因だった。

今上帝を廃位させ、璃炎を代わりに即位させる。

それを強く望んでいたのは丁玄の側だ。陳凱にしてみれば、そんなまわりくどいことをせずとも、権力をものにする方法は他にいくらでもある。そして陳凱は驚くほどの速さでそれを実行してみせた。今では陳凱に逆らえる者は誰ひとりいないという有様だ。

収まらぬのは丁玄だった。

三公のひとつ、司空という高い地位にあったにもかかわらず、陳凱はその制度そのものを強引に廃止してしまったからだ。表向きの理由は、軍事を担当する太尉《たいい》、国事を担当する司《し》徒《と》、治水と刑罰を司る司空、この三つを一本化し、その上に丞相府を設立するというものだった。

丞相になるのはもちろん陳凱だ。丁玄も、璃炎を帝位に即けた暁にはと思っていたはずだが、出端を挫かれた形だった。

庭木の陰に身を潜めつつ、耿惺は陳凱の寝所があるらしき場所をじっと窺っていた。

――陳凱を亡き者にせよ。

丁玄からそう命じられたのは三日前のことだった。

今まで一度も人を殺《あや》めたことはない。安易に人の命を奪っていいとも思っていない。

しかし、これはかねてよりの約束だった。奴僕から武官へと取り立てられた際、引き替えとして出された条件だ。

耿惺に迷いはなかった。

璃炎を傍近くで見守り続けるためなら、なんでもできる。それに、殺せと命じられたのは陳凱だ。今すぐ手を打たなければ、陳凱のほうが璃炎を傷つける恐れがあるのだ。

耿惺は呉丁玄の供として宮殿に入り、そのままさりげなく別行動を取った。

人の出入りの激しい場所だ。丁玄が何人供を連れているか、注意して見ている者など誰もいない。そして耿惺が宮殿内をうろつきまわっても、誰も怪しまなかった。

しかし、それは陳凱から離れている場合に限られる。

所在はわりと簡単につかめたが、都でも宮廷でも暴虐の限りを尽くしている陳凱は、暗殺を恐れ、身のまわりだけは厳重に警備を固めていたのだ。

陳凱は少し前に十人ほどの美女を連れて寝間に入った。そうしてまた酒を飲んでいるらしく、女たちの上げる嬌声《きょうせい》と陳凱の下品な笑い声が響いていた。

夜半になり、軍装に身を固めていても身体が冷え込んでくる。それでようやく警備の者に隙ができてきた。もう少し待てば、中へ忍び込む機会も見えてくるだろう。

耿惺は油断なく寝間の様子を窺った。

しかし、その時、ふいに寝間の向こうで大騒ぎが起きる。

耿惺はすかさず腰の剣に手をやって身構えた。

「曲者《くせもの》だ！　捕らえよ！」

「あっちに逃げたぞ！　追えっ！」

鋭い叫びが上がり、ざっと全身が総毛立つ。

間の悪いことに、耿惺の他にも陳凱を狙う者がいたのだ。首尾よく陳凱を殺《や》れたなら喜ぶべきことだが、曲者は耿惺が潜んでいる側へと逃げたらしい。

宮殿中にまるで真昼のように灯《あか》りが焚《た》かれ、警備兵が一気に数を増す。

子供の頃から剣の修行は怠らなかった。筋もいいと褒められていた。奴僕になってからも、隙を見ては独自で鍛錬《たんれん》を繰り返してきたお陰で腕には自信がある。

だが百ではきかぬ人数を相手にして、勝ち目はなかった。

陳凱を狙うのはまたの機会とし、ここから脱出しなければならない。しかし、うまく逃げ出せるかどうか、天のみぞ知るといった状態だ。

俺が戻らなければ、璃炎さまはこの先どうなる？

誰があの人を守ってやるというのだ？

なんとしてもこの場を切り抜けて、璃炎の元に戻らなければならない。

何十もの警備兵が間近まで迫ってきた。もはや見つけ出されるのは時間の問題だった。

ならば、こちらから先に動くまで。

耿惺はざっと立ち上がりざま剣を抜いた。

そしてすかさず反転して、脱兎《だつと》のごとく走り出す。

「いたぞ！　こっちだ！」

「追え！　追え！」

「左右から挟み込め！　絶対に逃がすでないぞ！」

野太い声が上がるなか、耿惺は活路を求め、ただひたすら駆けるのみだった。

六

「璃炎さま、大変でございます！」

璃炎はようやく寝ついたところを、血相を変えた小芳に叩き起こされた。

「何事だ？」

寝台の上に身を起こすと、小芳が泣きそうに貌を歪める。

「て、丁玄さまがおこしです。すぐに璃炎さまを呼ぶようにとおっしゃって」

「こんな真夜中に？」

璃炎は眉をひそめた。

丁玄が棲まいとする館は、この離宮からさほど離れていない。とはいえ、輿で移動となれば、半刻はかかるはずだ。

今までにも丁玄は予告もなく訪ねてきたが、こんな夜更けにというのは初めてだった。

それだけではなく、小芳の慌てぶりを見ると、もっと大変なことが起きている気がする。

「む、謀反《むほん》……」

「謀反、だと？」

璃炎は予期せぬ言葉にすっと色をなくした。

いや、予期しなかったわけではない。もしかすれば養父が何かやるかもしれないとは思っていた。

「む、謀反《むほん》……とは言わないかもしれません。と、とにかく耿惺が……耿惺が大変なことをしでかしたと」

「……耿惺が……？」

璃炎はそれきりで言葉を失った。

「お、お話はどうぞ丁玄さまからお聞きくださいませ。さあ、早くお支度を」

己の立場を思い出した小芳はそう言って急き立てる。

しかし、小芳の声は璃炎の耳を素どおりしていた。

何かの役目を言いつけられた耿惺が、この部屋を訪れたのは三日前のことだ。きっとその役目で何かあったのだ。

耿惺はどうなったのか。無事でいるのだろうか。

いや、耿惺に限って、何かあるなど考えられない。きっと無事に戻ってくる。

「璃炎さま、早くお支度を」

「あ、ああ……わかった」

小芳の声で、璃炎はようやく我に返った。

身を起こし、寝台から両足を下ろすと、小芳はすでに着替えを手にして待っている。

璃炎は急いで深衣と裳を身につけた。そして小芳の手で薄紅の袍を着せかけてもらった時、待ちきれなかった丁玄のほうがあたふたと姿を見せる。

「養父上……何事ですか？」

璃炎は眉をひそめて問いかけた。

よほど慌てていたものか、丁玄は白い夜着の上に袍を羽織っただけで、髷さえ結っていないだらしない格好だ。

「しばらく外せ」

「はい、かしこまりました」

命じられた小芳は、心配そうに何度も振り返りながら部屋から出ていく。

それを確かめてから、丁玄は唸るように訊ねてきた。

「耿惺はどうした？　戻ってきたか？」

「いいえ、戻っておりません」

璃炎は首を傾げながら答える。

すると丁玄は苛立たしげに、がしっと璃炎の腕をつかんで問い質した。

「本当に戻っていないのか？　隠しているわけではあるまいな？」

「隠すなど……いったい、耿惺がどうしたと言うのですか？」

「彼奴め、散々目をかけてやったというに、しくじりおって……こんなことなら、あの時、家族もろとも処刑してやるんだったわ」

丁玄は目をぎょろつかせ、不穏な台詞《せりふ》を吐く。

正気を逸しているとしか思えない様子に、璃炎は不安を煽られた。

「養父上！　お願いです。私にもわかるように話してください。耿惺がどうしたのですか？

養父上は何をやらせたのですか？」

思わず激しい口調で訊ねると、丁玄がふんと鼻を鳴らす。

「璃炎、彼奴が戻ったら、必ず捕らえよ」

「捕らえる？　何故？」

「彼奴は将軍の命を狙った。完全に失敗したようだがな」

璃炎は呆然となった。

何か起きたとは思ったが、まさかこのようなことだったとは……！

「養父上……養父上がお命じになったのですか？　陳凱将軍を殺せと……それで、耿惺はどうなったのです？」

「だから、逃げ出したようじゃと言っておろうが。いいか、璃炎。彼奴が戻ったら、絶対に逃がすでないぞ。引っ捕らえて舌を引き抜き、将軍の前につれていかねばならぬ。半端者のお陰でこっちの命まで危うくなった」

「養父上！　それは養父上が命じられたことでしょう？　なのに耿惺ひとりに罪を押しつけ

るおつもりですかっ！　どうして助けてやらないのですかっ？」

璃炎は怒りのあまり、養父の袖を両手でわしづかんで責め立てた。

耿惺が断れないのをいいことに、無理な役目を押しつけておいて、危なくなったとなれば平気で見捨てる。こんなことを許せるわけがない。

だが璃炎が激高《げっこう》すると、丁玄のほうは逆に落ち着きを取り戻す。そして、にやりと冷酷な笑みさえ浮かべて見据えてきた。

「璃炎、今の状況、何もわかっておらぬようだな。陳凱の宮殿を見張らせておいた小者が泡を食って知らせにきた。陳凱の命を狙おうと、宮殿に忍び込んだ曲者がいたそうだ。幸いなことに、小者が見た時はまだ捕らえられてはいなかったそうだ。その場で斬り殺されていればよし。捕まって我の名でも口走られたら大事だ。私はこれからすぐ将軍の許へ行く。耿惺は己の恨みを晴らすべく将軍の命を狙った。知らぬこととはいえ、監督が行き届かなかった責任はこちらにある。ゆえに必ず愚か者を捕らえて将軍に突き出します。そう言い訳せねばならぬからな」

「養父上……」

あまりに勝手な言い草に、璃炎はしばし呆然となった。

己の都合で耿惺を危地に追いやったうえ、いざ失敗したとなれば保身のために容赦もなく切り捨てる。

「よいか、璃炎。耿惺はおまえのところに戻ってくる。生きていればなんとしてでも戻ってくるはずだ。必ず捕らえよ。そしてこのわしに知らせるのだ」

「いやです。お断りします！」

きっぱり拒否した璃炎に、丁玄は唖然とした表情になる。

けれど決意は変わらなかった。

耿惺は自分を守ってくれると誓ってくれた。自分もまた同じ。この手でできることがあるなら、耿惺をなんとしてでも守ってみせる。

「今、なんと申した？」

丁玄は怒りのためか、貌を赤く染めた。そして、どんな時にも丁寧だった口のきき方が、先ほどからずいぶん乱暴なものになっている。

「耿惺が戻ったなら、こちらで保護します。そのうえで必ず逃がしてやります」

「莫迦《ばか》を言うでない！」

丁玄はがしっと璃炎の胸元をわしづかむ。

襟元を絞められても怯まずに、璃炎は瑠璃色の目でしっかり養父を見据えた。

「冗談で申し上げたのではありません。耿惺は私が守ります。たとえ養父上でも勝手にはさせません」

「お、おまえは……っ、おまえはっ、い、今までの恩も忘れて！」

丁玄は怒りで荒く息をつきながら吐き捨てる。

確かに恩知らずな真似をしているのだろう。だが璃炎は、たとえ養父を裏切ったとしても、耿惺を助けたかった。

それに、丁玄が長年夢見てきたことは潰《つい》えたはずだ。自分はその夢を叶えるための駒にすぎなかった。

「養父上、今まで育ててくださったご恩は忘れてはおりません。しかし、もう私では養父上のお役に立つことはできないでしょう。事、ここに至っては、私が帝室の血を引いていることにはなんの意味もない。傀儡として即位もできないのでは、この先私は養父上の妨げとなるばかり……どうか、養父上、お願いです。私も耿惺と一緒に放り出してください」

「なん、だと……？」

「何もかも、私が目論んだことになさればいい。養父上は何もご存じなかった。だから、被害者なのだと、将軍に申し上げればいい。古参の者には暇をやります。私は耿惺と一緒にここから出ていきます。養父上には決してご迷惑をかけぬように」

そこまで言った時、突然丁玄が大声を上げて笑い出す。

「わはは……おかしい……わはは……何を言い出すかと思えば……ははは……」

「養父上……」

気が狂ったように哄笑を続ける丁玄を、璃炎はなすすべもなく眺めていた。

しばらくして、涙まで浮かべた丁玄がようやく笑いを引っ込める。

しかし、丁玄は最後まで璃炎の胸元をつかんだままだった。

「甘いな、璃炎。わしがおまえを手放すとでも思ったか？　おまえはわしのものだ。この期に及んで逃げ出そうなどと、そんなことができるとでも思ったか？」

「養父上、でも……私にはもう利用価値が……」

「利用価値があるかないかは、わしが決めること。おまえはさっさと逃げ出す気でいたのだろうが、そんなことはさせんぞ。おまえはいやでもここに残るんだ」

丁玄はにやりとした笑みを見せ、璃炎はぞっとなった。

「養父上……わ、私はもういやです。ずっと養父上のおっしゃるとおりに生きてきましたが、養父上は間違っている。いくらこの身が皇統に属するものだとしても、それを掲げて争い事を起こすのは間違っています」

「間違っているだと？　まったく……蝶よ花よと育てたのが仇《あだ》となったか……ずいぶん甘いことを言ってくれる。しかし、いくら反抗しようと思っても、そうはさせんぞ、璃炎。おまえはわしに従うんだ」

「いやです、養父上！」

璃炎はすかさず反撥《はんぱつ》したが、丁玄は余裕の態度だ。

「おまえは逃げられんからな。もし、おまえが逃げたなら、この離宮にある者はすべて皆殺しにしてやる」

「そんなっ！」

「それだけではない。耿惺の家族もだ。どこでどう暮らしているか、耿惺は居場所を知らん。だが、わしは知っている。何故なら、奴の兄を陥《おとし》いれて都から追放し、乱を起こした際にもいち早く家族を捕らえさせたのは、他ならぬこのわしだからな」

「……」

「もちろん耿惺は知らぬことだ。わしが親切にしてやったお陰で、家族もろとも命が助かったと思い込んでおる」

恐ろしい話を聞かされて、璃炎は蒼白になった。

自分だけではなく、丁玄は耿惺までとことん利用しようと、罠を張り巡らせていたのだ。

それに、ここを逃げ出せば多くの者の命を奪うなどと、ひどい脅しだ。

丁玄の悪辣《あくらつ》な素貌に、璃炎は戦慄《せんりつ》した。

「養父上……私にはわかりません。どうして……そこまでなさるんですか？　どうして、耿惺にそこまでひどいことを……っ」

「ひどい？　この世は食うか食われるかの、どちらかひとつだ。生き残っていくために、利用できるものを踏み台にする。それが当たり前だ」

璃炎は激しく首を振った。

赤児の時より父と親しんできた丁玄が、まるで獣《けだもの》のように見える。恐ろしかった。

しかし、怖いと言って何もしないままでは、耿惺はどうなる？　丁玄に押し切られれば、耿惺には確実に死が待つのみだ。

璃炎は眼差しを揺らした。

そこで目についたのは、寝台の脇に置かれた大剣だった。一度も使ったことがないので、ほとんど調度の一部とという認識しかなかったが、万一に備えて用意された立派な武器だ。

璃炎はそれを目にしたと同時に、丁玄の手を振り切った。

そしてとっさに剣を手にして意匠を凝《こ》らした鞘《さや》を払う。

「ち、養父上、どうか……っ」

震える両手で柄を握りしめ、剣先を向けたのは丁玄の胸だった。

「何をする？」

「お願いですから、耿惺を助けてください！　助けてくださらぬなら、この場で……っ」

璃炎は必死に頼み込んだ。

耿惺ほどではないが、多少の修練は積んでいる。しかし、実際に人を斬ろうと思うと、どうしてこれほど剣が重いのか。

ぶるぶる腕が震えるが、それでも懸命に堪えて丁玄に狙いをつけたままになる。

「なんの真似だ、璃炎？」

丁玄は、はなから璃炎の腕など信用していないのだろう。胸元に剣先を突きつけられても平然としている。

「耿惺を助けてくださらぬなら、養父上を手にかけ私もこの場であとを追います」

「これは笑止《しょうし》。璃炎、おまえは実の父に刃《やいば》を向けるか？」

「え？」

とっさには丁玄の言ったことが頭に入らない。

「おまえは実の父を殺す気か？」

ゆっくり同じ言葉が繰り返され、璃炎は目を見開いた。

いや、まさか、今のは出まかせだ。丁玄は養父。それ以外の者ではない。

短く首を振った璃炎に、丁玄はにやりとした笑みを見せる。

「璃炎、おまえには先帝の血など流れておらん。おまえはわしの子だ」

「こ、この期に及んでなんの冗談ですか？」

璃炎は動悸を速めながらも、必死に言い返した。

「ふん、嘘だと思うなら今すぐ乳母を叩き起こして確かめてみるがいい」

「今になってそんなことを言われても、信じられるはずがないでしょう」

そんな莫迦なことは絶対にあり得ない。そう確信していても声が震える。

「雪妃が産んだ本物の璃炎は、産声を上げて何日もしないうちに死んだ。たまたま後宮に伝《つて》のあったわしは、これを好機と見て、おまえを替え玉として後宮に送り込んだ。おまえの実母はおまえを産んだ時に命を落としたゆえ、ちょうど都合がよかったからな」

「……」

作り話に違いないと思いつつも、震えが止まらなかった。

「産後の肥立《ひだ》ちが悪かった雪妃は、おまえが替え玉であることに気づかなかった。最後まで我が子と思って、命をかけて庇いとおしたそうだ。手引きを頼んだ宦官も、とうに死んでおる。秘密を知る者はわしとおまえの乳母のふたりだけ。いや、真相を明かした今は、璃炎、おまえを含めて三人だな」

「嘘だ……だって、私の目の色は……」

崔家では青い瞳を持つ者が時々生まれる。過去に西国から嫁いできた姫君たちの血がなせる業《わざ》だ。

「ふん、そんなものをありがたがるのは、何も知らぬ者どもだけだ。雪妃とおまえの実母は姉妹。ふたりとも青い瞳を持っていた。曲がりなりにも王族だったからな」

「……」

璃炎は声もなく丁玄のにやつく貌を見ているしかなかった。

「宮中での権力争いに巻き込まれることがなければ、おまえはとっくに帝位に即いていたはず。崔家ではなく、この呉丁玄の息子が皇帝となっていたのだ。時期がくれば皇帝となったおまえに真相を明かし、それと引き替えで丞相の位を復活させるつもりだった。しかし、あの時は途中で思わぬ邪魔が入って失敗した。だから、今度こそは負けられぬ。陳凱などに先を越されてたまるか！」

再び激高した丁玄に、璃炎はだらりと剣先を下ろした。

今の話をどうとらえていいか、わからなかった。信じたくはないけれど、丁玄がまるきりの嘘をついているとも思えない。そして本当のことだとすれば、丁玄こそが自分の実の父親となるのだ。

そこまで考えて、璃炎ははっとなった。

丁玄は耿惺にとって敵《かたき》も同然だ。となれば、自分はその敵の息子ということになる。

「とにかく璃炎、耿惺が姿を見せたら捕らえておけ。この父から逃げ出そうなどと思うな。先ほども言ったが、おまえが逃げるようなことがあれば、古参の侍女たちは皆殺しにする。もちろんおまえの乳母もだ。耿惺の家族の命もわしの手にあることを忘れるな」

丁玄は璃炎がもはや逆らわぬものと決めてかかり、居丈高《いだけだか》に命じる。

丁玄という怪物の恐ろしさをまざまざと思い知らされたようで、璃炎はがっくりと力なくその場にへたり込んだ。

†

丁玄が帰ったあと、璃炎は懸命に己を取り戻し、これから先どうすべきかを考えた。

耿惺と手に手を取って都から離れられればどんなによかったか。

しかし、それはもう叶わぬ望みだ。

だから璃炎はやるべきことをひとつに絞った。

耿惺だけはなんとしても逃げ延びさせる。殺させるようなことは絶対にしない。

「璃炎さま、旦那さまと何かあったのでございますか？　言い争いをしておられたようですが……？」

心配そうに訊ねてくる小芳も、やつれが目立つ年になった。

璃炎が皇子などではなく、真っ赤な偽物とも知らず、赤児の頃からずっと仕えてくれていたのだ。小芳だけではなく、他にも大勢の者が自分を守ってくれた。

だから、見捨てるような真似はできない。

「小芳、おまえはもう自分の部屋に帰って休め。宿直《とのい》はいらない」

「でも璃炎さま、旦那さまのご様子はただ事では」

「養父上は三公の役から下りられたために、ささいなことで取り乱されただけだ。なんでもないゆえ、心配するな。とは言うものの、明日はまた何が起きるかわからない。だから、今のうちにゆっくり休んでおけ」

「わかりました……それでは、私は失礼させていただきます」

小芳はようやく納得し、部屋から出ていく。

独りになった璃炎は寝台に腰を下ろし、静かに耿惺を待った。

きっと無事だ。耿惺に限って命を落としたり深手を負ったりするはずがない。

そして耿惺は必ず自分の許に戻ってくる。

耿惺が貌を見せたなら、すぐにも都を出るように言い聞かせる。

誰にも気づかれずに出ていけたなら、あとのことは適当に言い繕えばいい。

ひと晩待ってみたが、耿惺は現れなかったと――。

じっと待ち続けていると、ふいに燭台の灯が揺らぐ。

璃炎はどきりと大きく心の臓を高鳴らせた。

果たして、部屋の暗がりから、あたりを憚るように耿惺が姿を見せる。

璃炎は瞬時に立ち上がり、耿惺の元へ駆け寄った。

「耿惺……っ、無事だったのだな。どんなに心配したか」

縋りつき、嗚咽《おえつ》を堪えながら訴えると、力強く抱きしめられる。

「申し訳ありません、璃炎さま。旦那さまに言いつけられたお役目、首尾よく果たせませんでした」

「そんなことはいい！　おまえさえ無事ならそれでいいっ」

璃炎はそう言って、さらに力を込めて逞しい胸にしがみつく。

ひとしきり、そうして安堵に浸った璃炎は、ようやくやるべきことを思い出した。

「耿惺、養父上から聞いた。おまえが何を命じられたのか……」

「すみません。様子を窺っているうちに機を逸し、騒ぎになってしまいました。私の他にも将軍を狙う者がいたのです。追っ手はなんとか巻きましたが、今宵はもう警戒が厳重で、将軍には近づくことすらできなくなりました。しかし、次の機会には必ず」

「いいのだ！　それはもういい。終わったことだ！　それより一刻も早くここから逃げろ、耿惺！」

端整な貌を見つめ、璃炎は懸命に命じた。

そして自分がしがみついていては、行けるはずもないと気づき、慌てて距離を取る。

「璃炎、さま？」

耿惺はじっとその場を動かなかった。怪訝そうに見つめてくるだけだ。

「は、早くしろ、耿惺。自分の部屋に戻ってはならぬぞ。もう見張りが立てられているかもしれない。人目に触れぬように注意して出ていくのだ。そうだ、路銀《ろぎん》……路銀が必要だな。気の利かぬことですまない。今ここには路銀の用意がない。な、何か代わりになる物はないか……」

璃炎はそうたたみかけながら、視線を泳がせた。

目についたのは、先ほど丁玄に向けていた剣だ。小芳が元どおり鞘に収め、寝台の脇の台に戻してあった。それを急いでつかみ取り、耿惺に差し出す。

けれども耿惺はその剣も受け取ろうとはしなかった。

「耿惺、早くしないと……」

璃炎は縋るように耿惺を見つめ、唇を震わせた。

「もしかして、旦那さまに何か言われたのですか？　俺に出ていけと言われるのは、そのためですか？　それで、璃炎さまはどうなさるのです？」

「わ、私？」

「はい、璃炎さまはずっと俺を傍に置いてくださるとおっしゃいました。いざとなれば、一緒に都から逃げようとも……。璃炎さま、今がそのいざという時なのでしょう？　俺は璃炎さまを残して都を去ることはできません。ですから、璃炎さまもご一緒に」

青い瞳で真摯に見つめられ、璃炎は大きく胸を高鳴らせた。

誰を傷つけたとしても、耿惺と一緒に逃げたかった。だから、あの時も、我が儘いっぱいにそうねだったのだ。

本当に、どんなに耿惺と一緒に行きたかったか。

でも、それはもう叶わぬ望み。自分が一緒に逃げれば、小芳をはじめ多くの者が犠牲になる。耿惺の家族もどんな目に遭わされるかわかったものではない。

璃炎は身を斬られるようなつらさを堪え、ゆっくり首を左右に振った。

「私は行かぬ。ここに残る。おまえだけ逃げろ、耿惺」

「璃炎さま」

思わずといった感じで耿惺の手で細い腕をつかまれる。

しかし璃炎はその手をそっと向こうに押しやった。

「許しもなく、勝手にこの身に触れるでない」

鋭く言い捨てると、耿惺ははっとしたように手を引いた。だが納得はしていないのか、悔しげに行き場を失った手を握りしめる。

心変わりを納得させるには、どうすればいいのだろうか？

耿惺には真実を知られてはならない。もし、すべてを知ったとしたら、耿惺はここに残ると言い出す気がする。

でも、ここに残れば耿惺には死が訪れるだけだ。

丁玄は耿惺ひとりを悪者として、陳凱将軍に引き渡すだろう。ひどい拷問を受けたとしても、耿惺は丁玄に命じられたとは明かさない。誰のためでもない。璃炎が巻き添えを食うことがないようにと、それだけのために、耿惺は最後まで口を閉ざしているだろう。

棒叩きの刑を受け、ぼろぼろになった姿が脳裏を過ぎる。

今度はそれだけでは済まない。最終的には無残に殺されてしまうのだ。

確実にここから出ていかせるにはどうすればいい？

怒らせればいいのか？　自分など取るに足りない存在だと思い込ませればいいのか？

いや、それだけでは足りない。もっとだ。もっとひどい言葉を投げつけて耿惺を愚弄《ぐろう》し、自分を憎まずにはいられないほど傷つける必要がある。

璃炎はとっさに心を決めると、冷ややかで高慢な雰囲気をつくった。悲しいことに、真実の気持ちを偽るやり方には慣れている。

璃炎はさも軽蔑したかのように、横目で耿惺を見やりながら、口にした。

「何をぐずぐずしている？　早くここから立ち去れと言うのがわからぬか？」

「璃炎さま……ですから、璃炎さまもご一緒に」

「行かぬ。私はどこへも行かぬぞ。おまえと一緒に逃げると言ったのは気の迷いだ。おまえがあまりに哀れゆえ、気遣ってやったまでだ。おまえはいつも、主人にかまってほしくて哀れっぽく泣き声を上げる、犬……のようだったからな」

ひどい言葉を迸らせるたびに、胸の奥が抉《えぐ》られたように痛くなった。

しかし、これは必要なこと。耿惺を助けるために、どんなに苦しくてもやり遂げなければならないことだ。

「璃炎、さま……」

耿惺は信じられないように眉根を寄せ、掠れた声を出す。

早く出ていってほしい。これ以上、ひどいことを言わせないでほしい。

願いもむなしく、璃炎はさらに耿惺を傷つける言葉を浴びせた。

「なんだ、その目は？　少し優しくしてやったから、つけ上がったか？　おまえは元々、馬や牛と同じ、ただの奴僕ではないか。私は生まれた時から大勢の者に傅《かしず》かれてきた。綺羅《きら》なものを身につけ、飢えたこともない。おまえと一緒に逃げる？　あははは……ちょっと考えてみればわかるではないか。おまえは私に、どんな暮らしをさせるつもりだ？」

昂然《こうぜん》と顎を上げ、口元に笑みもたたえ、いかにも莫迦にしきったように眺める。

耿惺はぐっと奥歯を喰いしめて黙り込んだ。

「ふん、答えられまい」

「璃炎さま、できるだけのことはいたします！　璃炎さまにご不自由をおかけするようなことは決して」

「奴僕風情に何ができる？　おまえは私に汚い着物を着せ、藁《わら》の寝床で休めとでも言う気か？」

「……」

押し黙った耿惺に、璃炎はさらにたたみかけた。

「耿惺、おまえは私がここにいては危ないと言うが、逆だぞ。将軍は私に興味をお持ちだった。今までは知らぬ振りをしてきたが、これからは違う。力を貸してくださるよう、直接お願いするつもりだ。将軍はおっしゃっていた。私に似合いの衣装を用意し、国中の珠を集めて飾ってくださるとな……」

「璃炎さま、将軍の下心は見え透いている。将軍は璃炎さまを帝位に即けるつもりなどない。将軍はあなたを己のものとしたいだけだ」

耿惺はここまできても冷静さを失わず、璃炎の決意を変えさせようとしている。

でも、駄目だ。絶対に！

「それがどうした？　かまわぬではないか。それとも、おまえは将軍に取って代わりたいのか？　この私を……将軍にやるのは惜しい……自分のものにしたいとでも言う気か？　奴僕の分際で、よくも高望みをしたものだ。こんなことなら、口接などと無礼な真似を働いた時に、追い出しておくべきだったか……己が何者であるかわきまえぬ犬の扱いは難しいな」

「……」

ここまで来て、さすがに耿惺がひくりと眉をひそめる。

鋭く見据えてくる瞳にも、怒りの炎が見え隠れしていた。

「いい加減、貌を見ているのも不快になった。さあ、おまえなどにもう用はない。さっさと行け」

璃炎はこれが最後とばかりに刺々《とげとげ》しく吐き捨てて、くるりと背を向けた。

心の中では懸命に祈っている。

どうか、これでもう諦めてほしい。そして、少しでも早く安全なところまで逃げてほしい。

自分など、この先どうなろうとかまわない。耿惺さえ命を長らえてくれるなら——。

しかし、その時、璃炎は後ろからいきなり強く抱きすくめられた。

「な、何をする？」

璃炎は思わず狼狽した。こんな展開になるとは思ってもみなかった。

「俺はもう放逐《ほうちく》された。……そうですよね？」

「は、離せっ！」

璃炎は我知らず叫んだが、耿惺の腕にはますます力が入るだけだ。

「離しません。璃炎さまが俺をいらぬとおっしゃる。だったらもう、俺は俺の好きにさせてもらいます」

「やっ、な、なんのつもり……ああっ」

ぐいっと、いきなり身体を表に返される。

耿惺の表情は一変していた。暗い情念だけがあらわになった貌……。

顎を捕らえられ、くいっと上向かされる。

そして、次の瞬間、璃炎は噛みつくように口づけられていた。

†

「ど、どうして、こんな真似を……っ」

寝台に押さえつけた璃炎は、恐怖に駆られたように細い身体を震わせていた。

燭台の灯りが白い貌を照らし出している。瑠璃色の瞳が濃さを増し、頬がうっすらと上気していた。

胸を喘がせるたびに甘い吐息が漏れる唇は、先ほど無理やり口づけたせいで濡れている。

本来なら触れることさえ叶わぬ高貴な身体だ。

けれども我慢がならなかった。

怒りと諦念《ていねん》でとても堪えることができなかったのだ。

――一緒に逃げよう。

以前そう言ってもらった時、どれほど嬉しかったことか。

璃炎のためなら命など惜しくはない。家族でさえも捨てていい。そう思っていたのに、いざその時が来てみれば、あれは嘘だったと言う。

ひどい言葉を浴びせられ、腹立たしかった。しかし、あんなものが璃炎の本心だとは思わない。

どうして璃炎が気持ちを変えてしまったのか。どこでいつ、何がそうさせたのか。何故いつものように素直にすべてを明かしてくれないのか。

少しは頼りにされているとの自負があっただけに、失望は大きかった。

自分では璃炎を助けられないのか。守りきれないのか。

そんな苛立ちもない交ぜになって、思わず我を忘れてしまった。

そして、璃炎に口づけた瞬間、邪《よこしま》な欲望があっさり堰《せき》から溢れた。

もう主従の垣根など関係ない。

璃炎が自分をいらないと言うなら、それでいい。だったら、遠慮する必要もない。自分がやりたいようにするまでのこと。

耿惺は暗い情念にとらわれながら、璃炎の細い身体を抱きすくめた。

そうして無理やりまた唇を塞ぐ。

「や、めろ……っう……っ」

耿惺はもがく璃炎をさらに強く抱きしめながら、その甘い唇を貪った。

「んんっ、……ん、ふ……ん、くっ……」

舌を深く挿《さ》しこんで隅々まで味わい尽くす。歯列の裏を探り、逃げまどう舌を追いかけて淫らに絡める。そうしてきつく吸い上げると、脳髄まで痺れるような陶酔《とうすい》を感じた。

「んぅ……うぅ」

璃炎は必死にかぶりを振って口接を避けようとするが、それを許さず、耿惺は好き放題に貪った。

深くなる一方の口づけに、璃炎の身体から徐々に力が抜けていく。

「甘い唇だ……」

ようやく口づけを解いた耿惺は、夢見心地で囁いた。

璃炎は潤んだ瑠璃色の目で懸命に耿惺をにらむ。

「ぶ、無礼者……っ」

けれども璃炎の声は震えている。

壮絶な色香を感じて、耿惺はよけいに征服欲を煽られただけだった。

「あなたが俺を遠ざけようとするからです」

「は、離せっ……。お、おまえなど嫌いだ。こ、こんな真似をしてっ……い、今におまえを捕らえに来る者がっ」

何を言われても、もう耿惺は止まらなかった。

無礼を働いた罪はもはや消しようがない。極力ばれないように努力はしたが、自分の正体はもう陳凱将軍に知られているかもしれない。呉丁玄からも裏切られた可能性が高い。

となれば、璃炎が言ったとおり、一刻も早く逃げなければ命が危うかった。

それでも耿惺は目の前の璃炎から手を離すことができなかったのだ。

今までにも何度か璃炎を抱きしめたことがある。口づけたことさえあった。

けれども、今はそれを大きく上まわる情動に突き動かされている。

将軍の元へ身を寄せるというなら、その前に奪ってやりたい。

自分をいらぬと言う璃炎を、無理にでも従わせたい。

何よりも、もっともっと璃炎を深く知りたかった。肌にくまなく触れて、余すところなく口づけて、とことん己のものにしてしまいたいという欲求が抑えがたかった。

「璃炎さま、俺がお嫌いですか？　でも、俺からは逃げられませんよ」

耿惺は嘯《うそぶ》くように言って、まずは自分の胸当てを取り去った。重い革の防具を寝台の下に投げると、ごとりと耳障りな音がする。

そろりと腕を伸ばすと、璃炎は恐怖に駆られたように瑠璃色の目を見開いた。

「よ、よせっ」

喘ぐように言う璃炎に、耿惺は酷薄《こくはく》な笑みを向け、無理やり肩を押さえ込んで薄紅の花のような袍を奪い去る。

「ああっ」

鋭い叫び声が上がるなかで帯紐を解き、引き裂くように裳もむしり取った。そうして深衣の合わせを大胆に開いて、平らな胸を剥《む》き出しにする。

「やっ、……な、何をするっ？　くっ」

身をよじって逃れようとする腕をつかみ、薄い肌着も脱がせてしまう。

璃炎は涙を浮かべてにらんできた。

奴僕と嘲《あざけ》った者に好き放題にされ、矜持が傷ついたのか、それともその奴僕に裏切られたことが許せないのか。

いずれにしても、ここまでくればもう途中でやめることはできない。

耿惺は竦んでいる璃炎の下肢も同じように乱してやった。

細い腰にはやわらかな布がまだ絡みついている。しかし、胸も下肢も剥き出しで、あられもない格好だ。

そして光輝くような白い肌が、さらに耿惺を誘っていた。

「美しい……」

耿惺は誰へともなく呟いて、璃炎の素肌にそっと掌《てのひら》を這わせた。

「くっ……」

璃炎は観念したのか、泣きそうに目を細めているだけだ。

どこに触れても、璃炎の肌は極上の絹のように滑らかだった。

大切に、大切に守ってきた宝物……それを自らの手で穢《けが》している。

幼かった璃炎は、今や艶やかに咲き誇る大輪の牡丹のように、耿惺を惑わせる。

歪んだ欲望に煽られて、これが陵辱《りょうじょく》であるとわかっていても、止められなかった。

「可愛らしい粒ですね……」

耿惺は、平らな胸の上で色づいている尖りをきゅっと摘んだ。

「や、あっ」

璃炎はびくっと身体を震わせ、そのあとふいに腕を振りまわして暴れ出す。

ずいぶん可愛い抵抗だと、耿惺は口元を綻ばせながら細い手首をつかんだ。

「無駄です。璃炎さまのお力では、俺に敵《かな》わない」

「……くっ」

両手を広げさせて無理に褥《しとね》に押しつけると、璃炎は悔しげに唇を噛みしめた。

熱を帯びた肌が薄紅色に染まり、その中で可愛らしい粒が存在を示している。

「やめ、ろっ」

耿惺が再び乳首をかまおうとすると、璃炎は最後の抵抗とばかりに大きく身体をよじった。

それを許さず再び胸の粒を摘み上げる。

すると璃炎は、悩ましい喘ぎを漏らして背中を反らせる。

「ん、ふ……っ」

思いがけない反応に、耿惺はさらにかっと身内が熱くなるのを感じた。

「璃炎さま、感じておられるようですね」

「や、……あっ……く……っ」

指で小さな尖りを弄《いじ》るたびに、細い身体が小刻みに震える。それと同時に、璃炎の喘ぎも徐々に甘さを帯びてくる。

耿惺はさらに乳首を弄《もてあそ》びつつ、うっすらと染まった顔を見下ろした。

灯火の淡い光に映し出された璃炎は、本当に美しい。

耿惺は憑《つ》かれたように手を伸ばした。

ゆるく波打つ艶やかな髪に触れ、形のいい小さな耳からなめらかな頬へと指先を滑らせる。

華奢《きゃしゃ》な肩を撫でてやると、あらわになった胸が上下する。

耿惺は、誘われるように、尖った赤い粒を口に含んだ。

舌先でねっとり舐め上げると、璃炎が小刻みに震える。

「やっ、何をする……ああっ」

含んだ先端をそっと吸い上げると、いちだんと甘い嬌声が上がった。

鼓膜に達したその声が、まるで媚薬のように耿惺の頭を冒す。

もっともっと、この甘い声を出させたい。

そんな欲求に駆られ、耿惺は胸を口に含んだままで、再び素肌に手を這わせた。

脇腹から細い腰を撫で下ろし、平らな腹にも掌を滑らせる。

「ああっ、や、あっ」

悩ましい声が上がり、耿惺はゆっくり胸から口を離した。

璃炎を潰してしまわぬように肘をついて自分の逞しい身体を支え、そっと視線を下に向け

る。すると、辛うじて下肢を覆い隠しているやわらかな布を、下から押し上げているものがあった。

中心にある膨らみに気づいたとたん、耿惺はにやりとほくそ笑んだ。

夢中で邪魔な布を取り除けると、可愛らしいものがゆるゆると恥ずかしげに勃ち上がってくる。

耿惺はしっかりとその璃炎の花芯をつかんだ。

「ああっ」

璃炎は悲鳴のような声を上げ、ひときわ大きく腰を震わせる。

「璃炎さま、嬉しいですよ。俺の手でこんなになってくださるとは」

「やっ、違う……こんなの、違う」

璃炎は泣き声を上げながら、子供のように首を左右に振った。

よほど恥ずかしかったのか、自由になった手で貌も隠してしまう。

初々《ういうい》しい反応を見せられて、耿惺はさらに煽られた。

軽く握ってそっと上下に擦ってやると、璃炎の花芯は瞬く間に硬く張りつめる。

「気持ちいいのですか、璃炎さま?」

「ああっ……あ、や……っ」

自分の反応が信じられないといった感じで、璃炎はまた掠れた悲鳴を上げる。

口ではいやだと言うが、璃炎は賤しい者の手で触れられているのに感じている。

確信した耿惺は、さらに技巧を凝らして花芯を嬲《なぶ》った。

「い、や……っ、やあ……あ……っ」

細い首を振って涙を溢れさせる姿に、耿惺はますます止まらなくなった。純粋に欲望だけに煽られる。

「気持ちがいいのですね、璃炎さま」

「やっ、違……っ、こんなの、……違うからっ」

あくまで認めようとしない璃炎に、耿惺は思わず微笑んだ。

「気持ちがいいなら、素直にそうおっしゃればいいのに」

耿惺はそのかすように囁きながら、さらに濃厚な愛撫を施した。

根元から絞り取るように擦ってやると、璃炎はぶるぶると腰を震わせる。華奢な手で必死に耿惺を押しのけようと足掻《あが》いているが、力は少しも入っていなかった。

「やめろっ、こ、こんなこと……っ、ぜ、絶対に許さないっ」

必死に言葉を紡ぐ璃炎を、耿惺は無視した。

主従の垣根をあっさり越えてしまった今は、どれほど詰《なじ》られようと無視するしかない。

「蜜がいっぱい溢れてきましたよ」

耿惺はそう指摘したと同時に、密を溢れさせている先端の窪みを指の先で擦り上げた。

璃炎はいちだんと大きく腰を揺らして涙をこぼす。

「ゆ、許さない……ぜ、絶対に、許さな……んんっ」

まぶたを薄赤く染め、それでも最後まで己を見失わない璃炎に、耿惺はさらに劣情を煽られた。

今まで傍近くで見守ってきたが、閨《ねや》でのことまでは知らない。

しかし、この様子では璃炎は侍女にも手を出していないように見える。深窓の姫君として育てられたせいで、本当に何も知らないのかもしれない。穢れない無垢な身体に触れたのは、自分が初めてなのだろう。

神聖な身体を冒す罪深さは計り知れなかった。だが、主の身体に触れた時点で、もう己の罪は確定している。

都から逃げろと言われたが、ここでこんな風に刻を過ごしていれば、それも危うくなる。けれども、今の耿惺には璃炎だけしか目に入らなかった。璃炎を守ることだけを考えてきたのに、もういらないと言われ、箍《たが》が外れた。璃炎を自分のものにできるなら、そのあとすぐさま命を奪われたとしても惜しくはない。

「我慢せずに達《い》けばいいのですよ」

耿惺は宥めるように囁いて、激しく上下する胸に唇を近づけた。

赤く尖った粒を口に含んで軽く歯を立てる。それと同時に、手にしたものにも絶妙な刺激を与える。

璃炎はそれだけであっけなく精を吐き出した。

「あ、……あぁ………」

あえかな声を上げながら、しなやかに身体をくねらせて耿惺の手を濡らす。

閉じられたまぶたが薄赤く染まっていた。そして長い睫《まつげ》の先に涙の粒が盛り上がっている。

耿惺はその可憐な様に魅《み》せられながら、そっと下肢に顔を埋めた。

これだけで終わりにするつもりはなかった。

今日が最初で最後。ならば、最後まで奪うしかない。

耿惺は極めた衝撃でぐったりしている璃炎の両足を大きく開かせ、力をなくした花芯を躊《ちゅう》躇《ちょ》なく口に含んだ。深く咥《くわ》え、ゆっくり咀嚼するように口を動かしてやると、再びそこがびくりと反応し始める。

「……あ……」

璃炎はあえかな吐息を漏らした。

口に収めたものが徐々に力を取り戻し、形を変えていく。耿惺はその変化を楽しみながら丁寧に舌を這わせた。

「やっ！」

最大まで中心が膨れ上がった時、璃炎はいきなりびくんと腰を突き上げた。

口に咥えたままで様子を窺うと、璃炎は信じられないといったように目を見開いている。硬い先端を舌で舐め回すと、今度は細い首をがくがく振りながら、懸命に腰を引いて口淫から逃げようとする。

可愛らしい抵抗だ。

だが、これで許すわけにはいかないと、耿惺は璃炎の細い腰を両手でつかみ、さらに執拗《しつよう》に口での愛撫を続けた。

「うう……う、く……っ、んう……」

びくびくと小刻みに震える肌を撫でまわし、すぼめた口を上下すると、たまらなくなったように腰がよじれる。

璃炎はもう抗うことすら忘れて耿惺に身を任せている感じだ。

舌を絡めて敏感な亀頭のまわりを探る。先端の窪みを舌先で突つくと、じわりと再び蜜が溢れてくる。

「あ、ああ、……あ……」

璃炎は甘い呻きをこぼしながら、自分から無意識に腰を突き上げてきた。

深く咥えて吸い上げてやると、それだけでまたあっけなく達してしまう。

耿惺はいったん口で受けた璃炎の精を、掌に吐き出した。

璃炎は解放の衝撃でぼうっとしたように身体を弛緩《しかん》させている。その隙に、耿惺は後ろに手を回し、濡れた指をゆっくり蕾《つぼみ》にねじ込んだ。

「う、……ぅう」

きつい抵抗はあったものの、ぬめりを帯びた長い指は奥まで入っていく。

その指を熱く締めつけられて、耿惺は我慢の限界を超えた。

「璃炎さま……」

「や、……あ……っ、や、だ……や……っ」

挿し込んだ指をゆるく動かすと、甘みを帯びた声が上がる。

それでも璃炎は指で犯されるのをいやがって、必死に腰をくねらせた。

「いやだっ、……そんな……っ、とこ……ああっ、や、……ぅう」

耿惺は抵抗を防ぐために、再び璃炎の花芯を手でとらえた。

「暴れないでください」

「やっ……もう、や……っ」

璃炎は涙を溢れさせながら哀願した。

もつれた金色の髪がほのかに色づいた胸に乱れかかっている。上気した肌も潤んだ瑠璃色の瞳も、すべてが耿惺の劣情を誘う。

「やあっ！」

敏感な部分に触れたのか、璃炎はひときわ高い嬌声を放った。挿し込んだ指もぎゅっと締めつけられる。

「ここが気持ちいいのですか、璃炎さま？」

耿惺はそう訊きながら、璃炎が反応を示した場所を指で再び抉った。

「ああっ……」

いちだんと耿惺の指を締めつけながら、白い裸身が仰け反る。手にある花芯も再びそそり勃った。

前と後ろ両方を同時に嬲ると、璃炎はすぐに陥落《かんらく》し、自分から淫らに腰をくねらせる。狭い蕾を広げるように、ゆっくり指を抜き挿しすると、唇から漏れる喘ぎもますます甘みを帯びてきた。

「やっ、ああ……あっ、ふ、くっ……」

あまりにも無防備に身を委ねてくる璃炎に、耿惺は今すぐ己の熱く猛ったものを押し込みたいとの衝動に駆られた。だが耿惺は欲求をねじ伏せて、丁寧に繋がる準備を施した。

「あああっ……や、んっ」

指の数を増やし、根元までねじ込んでも、声の甘さは変わらない。それどころか、甘く吸うように指を締めつけられる。。

耿惺は蕾に入れた指をそっと抜き取った。そしてすばやく自らの軍褌《ぐんこ》を乱して、再び璃炎の上にのしかかる。

「璃炎さま……」

優しく呼びかけながら、璃炎の腰をすくい上げて、両足を大きく広げさせた。蕩《とろ》けた蕾に猛ったものを押しつけると、璃炎は怯えたようにびくりと震える。

「……あ、……？」

耿惺は璃炎を怖がらせないように優しく微笑みかけた。そうして、ぐっと太い先端をめり込ませる。

「いっ、……やっ！」

強い抵抗があったものの、ここでやめるわけにはいかない。

耿惺は仰け反った璃炎の身体を押さえつけ、一気に最奥《さいおう》まで貫いた。

「……璃炎……さま……」

熱く滾《たぎ》った場所に、すべてを収めた耿惺は、細い身体を抱きしめた。

とうとう璃炎のすべてを奪ってしまった。

絶対に許されぬことであったのに、とうとう璃炎は自分のものとなったのだ。

しばらく動かずにじっとしていると、璃炎がかすかな喘ぎを漏らす。

「……んっ……」

灼熱をのみ込んだ壁がゆっくりとうねり始め、耿惺はその蕩けるような感触に陶然《とうぜん》となった。

これでもう璃炎さまは俺のもの。

でも、まだ足りない。もっと身体の隅々まで、すべてを奪い尽くしたい。そして、璃炎の一番奥深くに、情熱を浴びせたい。

欲望が一気に膨れ上がり、耿惺はぐいっと最奥を突き上げた。

「ああっ！」

鋭い悲鳴が上がり、璃炎の壁が食いつくような勢いで耿惺を締めつけてくる。

「璃炎さま、わかりますか？　俺と璃炎さまはひとつに繋がっている」

耿惺は熱く囁きながら、先ほど見つけ出した弱い場所を狙ってゆっくり腰を使った。

「やっ、ああ……あっ、あっ……ふ」

璃炎は忙しなく息をつきながら首を振るが、身体はしっかり耿惺の与える快楽を貪っている。

時折怯えたように震えるのも、鋭い快感を堪えきれないせいだろう。

「存分に可愛がらせてください」

「やっ、……ど、うして、こんなこと……っ」

「今さらですよ、璃炎さま。あなたの身体は俺を受け入れて充分に悦《よろこ》んでいるでしょう」

「ち、違う……こんな、の……違う……やあ、っ」

今までぐったりしているだけだった璃炎が、最後の足掻きを見せるかのように抵抗する。

耿惺は振りまわされた手を搦《から》め捕《と》り、さらに細腰を引き寄せながら、最奥までぐっと硬い灼熱を届かせた。

「んむ……くっ……」

その瞬間、璃炎がくぐもった呻きを漏らしながら白濁を噴き上げる。

達した反動で、中の耿惺も存分に引き絞られる。我慢できるはずもなく、耿惺は大量の精を迸らせた

璃炎は苦しげに目を閉じて、痙攣《けいれん》したように腰を震わせている。

汗ばんだ額に乱れた薄い色の髪が貼りつき、開いた唇から忙しなく甘い息がこぼれる。

縋るようにまわされた剥き出しの腕。璃炎は無意識に足さえ絡めてすべてをより深く受け入れていた。

奥深くから新たな情動が噴き上げてくる。

「璃炎さま、これでもうあなたは俺のものだ。もっと可愛がってあげましょう」

耿惺はそう囁きながら、串挿したままの腰を揺らめかせた。

「ひっ……やっ！　もう、もうやめて……これ以上は、いやっ……いや、あぁ……」

璃炎はとうとう子供のように泣きじゃくり始めた。

だが溢れる涙を見ても、耿惺の熱は収まらない。それどころかますます強く燃え上がった。

「璃炎さま、泣かないで……どうか、俺を覚えていてください」

耿惺は強く璃炎を抱きしめながらも、むずかる子供を宥めるように囁いた。

「や、耿惺……」

璃炎は相変わらず拒絶の言葉を吐こうとするが、声はいちだんと甘くなっている。

璃炎はまだどこかで自分を拒んでいる。

だったら、もっと激しく奪い尽くし、身も心もすべて自分のものとするまでだ。

「璃炎さま……俺はいつか必ずあなたを奪いにくる。これは約束の印です。いいですね？　これが俺です。あなたを犯しているのは俺……そして、いつか必ず迎えにくる……絶対に忘れないで……俺が戻ってくるまで、必ず生きていてください」

耿惺は己にも言い聞かせるように何度も繰り返した。

「こ、耿惺……？」

「そうです。これが俺です」

甘い囁きとともに、深く繋がった場所で熱を分かち合う。

そのうちに、拒み続けていた璃炎の腕が縋るように耿惺の背にまわされた。

「……耿、惺……死ぬな……私はおまえを……」

かすかな声を漏らしたのを最後に、璃炎は意識をなくしていた。

璃炎は何を言いたかったのか、ぐったりした細い身体を抱き留めている耿惺には、もう確かめるすべがなかった。

七

耿惺が離宮から出奔《しゅっぽん》して、一年近くの月日が流れていた。

幸か不幸か、暗殺を企てた疑いを持たれることもなく、丁玄は掌を返したように陳凱に追《つい》従《じゅう》している。最初は対等か、あるいはそれ以上の立場を望んだ丁玄も、今ではすっかり陳凱に這い蹲《つくば》っている有様だ。

今上帝が病で亡くなられたのは一年ほど前のこと。しかし、次の帝はいまだに決まっていない。すべての権力を手中にした陳凱が、帝位に即こうとする者をことごとく追い払っているからだ。いずれ機を見て、玉座を己が手にしようと企んでいるのは、火を見るよりも明らかだった。

そんななかで、璃炎はいまだに籠の鳥のような生活を強いられている。

「璃炎さま、またご気分がすぐれませんか？」

小芳が心配そうに訊ねてくるのへ、璃炎はいい加減に、ああ、と頷いただけだ。

美麗な衣装をまとい、気怠げに長椅子に腰を下ろした姿は、今では傾国の美姫とでもいった風情だ。けれどもすべてを諦めきった璃炎は、瑠璃色の瞳を輝かせることもなかった。

「その……お輿入れのお支度で、また新たな装束が届きました。ご覧になりませんか？」

「いらぬ」

「とても美しいものが揃っておりますよ？」

小芳の言葉に、璃炎は深いため息をこぼした。

輿入れの装束とはなんの冗談だと、大声で笑い出してしまいたいぐらいだ。

丁玄は実の父。璃炎は信じたくもなかったが、乳母にきつく問い質したところ、それは事実のようだった。

乳母は涙ながらに当時の状況を語り、それで心にかかっていた負担が取れたものか、その後十日ほどして、静かに息を引き取った。

何故もっと早く真実を明かしてくれなかったのかと、本当は乳母を責めたかった。けれど、乳母の穏やかな死に貌を見て、恨む気持ちは失せた。

結局、自分には先帝の血など一滴も流れていなかったのだ。

丁玄に対しては、今さら実の父親だとの感慨はない。できることなら縁を切りたいほどだ。

しかし丁玄は、璃炎を帝位に即けることを諦めると、今度は陳凱に輿入れさせると言い出したのだ。

璃炎は、どこからそんな発想が出てくるのかと呆れたが、丁玄はどこまでも己の野望を捨てないつもりだ。

――男体を愛《め》でるのも一興ですぞ。何にせよ、璃炎さまは高貴なお生まれ。幸い璃炎さまの存在は、外には漏れておりません。先帝の血を引く姫君を后となされば、陳凱殿が即位される時にも箔《はく》がつくというもの。ずっと姫としてお育てしてきたので、男であると疑いを持つ者もいないでしょう。

丁玄はそう言って陳凱をそそのかしたのだ。

最初から邪な目つきで璃炎を見ていた陳凱は、一も二もなくこの提案に乗った。

この一年間、璃炎は薄氷《はくひょう》を踏むような心地で、陳凱への輿入れを拒み続けてきた。

丁玄はそのたびに、言うことをきかぬなら侍女たちを皆殺しにするぞと脅し、耿惺を逃がした件でもねちねちと、いつまでも嫌味を言う。

小芳の助言を受け、璃炎は気分がすぐれない。病気になった。果ては流行病《はやりやまい》にかかったようだとまであれこれ言い訳を用意して、なんとか輿入れを拒否し続けてきたのだが、それもそろそろ限界に近づいている。

あの陳凱に輿入れするなど、ぞっとする。

璃炎は獣のような貌を思い出し、ぶるりと背筋を震わせた。

そうしてちょうど一年前に、耿惺に抱かれた身体を、自分自身で抱きしめる。

脳裏に思い浮かぶのは、耿惺の精悍な貌ばかりだった。

あの時、無理やり璃炎を抱いた耿惺は、夜が明けきらぬうちに離宮から去っていった。

耿惺を熱く受け入れながら、夢見心地で聞いた言葉。

――俺はいつか必ずあなたを奪いにくる。

そんな日が来ることはない。そうわかっていても、今までどれだけその言葉に慰められたかわからない。

世の中はこの一年でさらに荒れたという。人々はこぞって都から逃げ出し、怒った陳凱は、都から逃げる者はその場で処刑すると脅しているそうだ。

地方でも立て続けに戦が起き、急速に勢力を増した一軍は、今にも都まで上ってきそうな勢いだという。将軍が派遣した軍は何度も大敗を喫しているとのこと。

けれども離宮に閉じ込められた璃炎にとって、それはどうでもいいことだった。

考えているのはただひとつ。

もし、輿入れを拒みきれない日が来たら、陳凱と刺し違えてやると、それだけだ。

耿惺に抱かれ、璃炎は初めて自分の中に潜んでいた気持ちを知った。

耿惺に向ける気持ちは、物語に出てくる恋情と同じだ。耿惺が男で、自分も同じ男。でも、あんなにも熱く抱き合えたのだから、これが恋情であっても、少しもおかしくはなかった。

しかし、耿惺が璃炎の気持ちを知る日は一生ないだろう。

耿惺に逃げてほしい一念で、璃炎はひどい言葉を投げつけた。だから、好きになってもらうどころか、憎まれていても不思議ではない。

「それにしても、一年経つのは早いものですね……璃炎さまにあれほど目をかけてもらっておきながら、耿惺はどこで何をしていることやら……」

ため息混じりに言う小芳へ、璃炎はきつい眼差しを送った。

「耿惺のことは二度と口にするな」

冷ややかに命じると、小芳はびくりと肩を震わせる。

「申し訳ございません」

すかさず謝った小芳に、璃炎は深いため息をついた。

あの時何かあったのか、自分以外は誰も知らない。

耿惺を傷つけたあげく、無理やり抱かれ、今でも一瞬たりとも耿惺を忘れていない。ただ
ただ無事でいてくれることだけを祈り続けている。

それは傍近くで仕えている小芳ですら知らないことだ。

「それより、今日もまた将軍が来るのだろう。どう撃退するか、考えてくれ」

「はい……」

小芳はそう返事をしたものの、困り果てたような貌になる。

璃炎は再び重いため息をついた。

†

騒ぎが起きたのは、それから三日後のことだった。

璃炎が棲む離宮は、宮城からもそう離れていない閑静な一角にあった。東の大門に近く、まわりも有力な貴族の屋敷ばかりだ。ゆえに路を行き交う民もそう多くはない。

ところが、その日の朝、離宮のまわりは一変していた。

塀の向こうから時ならぬ叫び声が聞こえてきて、璃炎はさすがに驚かされた。ひとりやふたりじゃない。まるで都中の民が泣き叫んでいるような騒々しさだ。

「いったい、なんの騒ぎだ？　調べてこい」

璃炎に命じられ、小芳は飛ぶように表へと向かった。そして、すぐさま取って返すと、蒼白な貌をして報告する。

「都が戦場になります。早く逃げなければ……っ」

「戦場になるだと？　攻めてきたのはどこの軍か？」

いつもどおり長椅子に腰をかけていた璃炎も、思わず立ち上がった。

「青党《せいとう》です！　青党が都まであと三日の距離まで達したとか」

「青党……」

誰がそう呼ぶようになったかは知らないが、青党は今一番勢力のある反乱軍だ。

いや、反乱軍と呼ぶのが正しいかどうかもわからない。青党はごく短期間で昂国中の反乱軍を吸収し、都に向かっているとの噂があった。青党に従うのは反乱軍だけではない。地方を治める豪族も、私兵を引き連れ青党の名乗りを上げているという。急激に膨らんだ青党の主たる目的は、昂国に仇なす陳凱将軍の追討だった。

青党を率いているのは恐ろしく腕の立つ若者とのこと。近頃、青《せい》将軍という呼び方をされ始めた英雄だった。

青党はこの青将軍の下、厳しい軍律を守っている。狙うのは、陳凱の手先として民から重い税を取り立てている役人や、私腹をこやしている者、また陳凱に味方して戦いを挑んでくる者に限られていた。そして青党は、不正役人から取り上げた穀物を民に戻してやっている。

ゆえに民は青党を大いに支持し、歓迎しているという話だった。

しかし、いくら青党の人気が高くとも、都が戦場になるのでは皆が逃げ出そうとしても仕方がない。都に棲む民は、攻め寄せてくる軍から一番遠い東門に殺到しているのだ。

「璃炎さま、いかがいたしましょう？　我らも早々にここから立ち退いたほうがよいのではないでしょうか」

小芳は不安げに訊ねてきたが、璃炎はゆるく首を振っただけだ。

「逃げるなら、おまえたちだけで行け。私はここに残っている」

「璃炎さま、どうしてですか？　璃炎さまをおひとりにして、私どもだけが逃げるなど、そんなことできるはずがないではないですかっ」

小芳は珍しく険のある貌つきとなる。

璃炎は突き放したような物言いをしたことを後悔した。

「すまぬ。そんなつもりではなかった。しかし、正直な話、ここから逃げ出して、どこへ行くというのだ？　慌てずに、まず養父上に遣いの者を出してみろ。何か指示があるかもしれない」

「は、はい。そうですね。まずは旦那さまのご指示を仰ぐべきでした。すぐに遣いの者をやりますゆえ、お許しください。私としたことが、動転してしまってお恥ずかしゅうございます」

丁玄との間にあった信頼関係はすでに崩れ去っている。詳しい経緯までは知らせてはいないものの、小芳は薄々丁玄との不仲に気づいていた。

だからこそ、丁玄の名を出すのが遅れたのだろう。

しかし、小芳が遣いを頼みに部屋から出ようとした時、塀の向こうで凄まじい叫び声が上がる。

「おい、貴族の館だ。行きがけの駄賃に何かもらっていこう」

「おお、どうせ主はさっさと都から逃げ出して、ここももぬけの殻《から》だろう。門を壊してしまえ。行くぞ！」

「おおう！」

叫び声に続き、門が叩き壊される音が響き渡る。

「り、璃炎さまっ」

小芳はがたがた震えながら、璃炎の傍に擦り寄ってきた。

門を突破されたからといって、すぐにここまでやってこられるわけではない。離宮内を仕切る壁もある。

それでも暴徒と化した者どもが離宮内になだれ込んでくれば、璃炎自身も無事でいられるとは限らなかった。

「小芳、即座に皆を集めよ。ばらばらになっていればよけい危険だ。ひと固まりになって、暴徒に対峙《たいじ》するしかない」

璃炎はそう声をかけながら、急ぎ寝台を置いた寝間まで戻った。

重い袍と裳は脱ぎ捨てて、少しは身軽になったうえで、枕元にある剣を手にする。

鞘を払いぎゅっと柄を握りしめて、襲いかかってくる恐怖を払った。

離宮を守る警備の者もいるが、侍女たちを庇いきれるかどうかわからない。いざとなれば、男である自分が戦うしかないだろう。

「璃炎さま！」

「璃炎さま、ご、ご無事ですか？」

「お、恐ろしいことでございます。暴徒が……暴徒が離宮に乱入してっ」

侍女たちは不安げな貌をして集まってきた。

「皆、心配するな。きっとなんとかなる」

怯える侍女たちを、璃炎は懸命に宥めた。

門では警備兵が暴徒と戦い始めている音が響いてくる。

得物が鋭くぶつかり合う音や罵声《ばせい》が飛び交い、凄まじいことになっていた。

しかし、しばらく様子を窺っているうちに、さらに物々しい音がし始めた。まるで軍そのものが押し寄せ踏み潰されたかのように、暴徒の喚《わめ》き声が途絶えてしまったのだ。

「り、璃炎さま……も、もしや、青党？」

「いや、どうだろう。違うかもしれない」

璃炎が小芳に向け、そう言った時、離宮内を仕切る塀に設けられた潜《くぐ》り戸が開け放たれる。

一番に貌を覗かせたのは、なんと陳凱だった。

「……将軍……」

呆然と呟いた璃炎の元に、陳凱が恐ろしい勢いで近づいてくる。軍装に身を固め、厳《いか》つい貌を引きつらせた陳凱のあとには、情けないほど蒼白になった丁玄も続いていた。

「璃炎、今すぐ都を出るゆえ、迎えに来た。そなたはこのわしが后とする者。置き去りにはできぬからな。さあ、一緒に来い」

近くまで来た陳凱は、そう言って遠慮もなく璃炎の手をつかむ。

不意を衝かれた璃炎は、思わず剣を取り落とした。

「お待ち、ください！　わ、私はどこにもまいりません。手をお離しください」

璃炎は嫌悪でいっぱいになりながら、辛うじてそう口にした。

しかし陳凱の手にはますます力が入るばかりだ。

「こんな古い都など、どうなろうと惜しくはない。璃炎、遷都《せんと》じゃ。わしは新しい都で即位する。后はもちろん、そなただ」

陳凱の目には狂気じみた光があった。

汗ばんだ手が気持ち悪い。

いやだと叫んで振り払いたかった。

もうこの先なんの望みもないが、獣のような陳凱の好きにされるのだけは我慢できない。

都を捨てるとは信じられない話だが、陳凱はそれだけ青党に追いつめられているのだろう。

「さあ、璃炎。わしと来い。新しい都に連れていってやる」

陳凱が再度野太い声を放った時、璃炎は視界の片隅で丁玄の姿を捕らえていた。

覇気も気概もなく、ただ獣のような陳凱に追従するだけの姿は、どこか滑稽《こっけい》で哀れだった。

けれども自分にはあの丁玄の血が流れているのだ。そして、これからどうなるのかと不安そうに見つめている侍女たちもいる。

璃炎はすべてを諦めため息をつくしかなかった。

都を離れた陳凱は軍を率いて東を目指した。

青党に攻め立てられて敗走を余儀なくされたにもかかわらず、遥か昔に捨て去られた古都に遷都するという名目での移動だった。

主立った王族や貴族たちも無理やり同行させられている。自らが皇帝として即位するには、それなりの体裁を整える必要がある。貴族たちはそのための道具と見なされていたのだ。

璃炎もまたその道具のうちのひとり。陳凱は万が一にも璃炎が逃げ出さないよう、わざわざ自分の馬車に乗せるといった念の入れようだ。

馬車や輿の数が足りず、小芳をはじめとする侍女たちは徒歩で従っている。無事を確認する手立てもなく、璃炎は不安を拭いきれなかった。

「璃炎、どうじゃ、この軍の陣容は？　壮観だろう？　わしを頼りとする者は、王族、貴族だけではない。わしを慕って、財を持たぬ民も皆、先を争うようについてくるわ」

腹を揺すり、品のない笑い声を上げる陳凱には、呆れずにいられない。

富裕な民が陳凱に従うのは、不正に溜め込んだ財を青党に取り上げられたくないからだ。下層の民がついてくるのは、脅されたからだろう。

不快感が募り、璃炎はそっと貌を背けた。

しかし、どこまでも自己中心的な男は遠慮というものを知らず、いきなり璃炎の手をつかんでくる。

「そう、恥ずかしがることはなかろう。しかし、この一年、散々待たせただけあって、おまえの美しさは恐ろしいほどになった。ふむ、何も即位を待つ必要はないな。今宵にでも、おまえを可愛がってやるとしよう」

「！」

ねっとりとした声が響き、璃炎はぎょっとなった。

慌てて握られた手を振り払おうとしたが、逆にぐいっと手繰《たぐ》られてしまう。

「あっ」

がたがた揺れる馬車の中、璃炎はあっけなく陳凱の胸に倒れ込んでしまった。

「間近で見ると、本当にそそられるな」

「やっ、めろ……っ」

無理やり肩を抱き寄せられて、璃炎は必死に抗った。

しかし、体格で勝る陳凱には敵《かな》わない。仮にも将軍と名乗っていた男は、璃炎の抵抗などものともせずに厳つい貌を近づけてきた。

「んぅっ……んん、っ」

濡れた唇がねっとりと押しつけられる。

あまりのおぞましさに璃炎は生きた心地もなかった。

けれども、両腕ごときつく抱きすくめられては、逃げる余地もない。大きく胸を喘がせた瞬間、舌まで中に入れられて、璃炎はさらに総毛立った。

「んんぅ……ふ、ううっ」

いくら逃げ惑っても、しつこく舌を絡められる。

璃炎は渾身《こんしん》の力を込めて、陳凱を押しやった。

「……っ、は……っ、ぶ、無礼者っ！」

ようやく無体《むたい》な口づけから逃れ、陳凱をにらみつける。

しかし、傍若無人《ぼうじゃくぶじん》な陳凱は、にやりと下卑た笑みを浮かべただけだ。

「このわしを無礼者とな……ふん、いくら先帝の血を引いていようと、おまえに何ができる？　わしに媚びへつらうことしかできん養父を頼りにしていても、埒があかんぞ。頼るべきは養父ではなく、このわしだ。古都に着いたなら、すぐにわしが皇帝となるのだからな」

「あ、あなたにはそんな資格などない！」

璃炎は思わずそう叫んだ。

「資格がないだと？　崔家とて、始祖はただの農夫だったではないか。わしが同じように即位して何がおかしい？」

陳凱は腹立たしげに吐き捨てる。

璃炎が言いたかったのは血筋のことではなかった。至高の座に即く者にはそれなりの品位と覚悟というものが必要だ。武力で人を脅し、己の欲のためだけに悪辣《あくらつ》な策略を巡らす。何よりも、民をないがしろにする者に、そんな資格はないと言いたかっただけだ。

「まあ、いい……。偉そうな口をきけるのも、今のうちだ」今宵、たっぷりとそれを教えてやろう」

勝ち誇ったように言う陳凱に、璃炎は唇を噛みしめた。

丁玄ですら、今は陳凱に逆らうすべを持たない。むしろ璃炎が実の息子であることを明かしてからは、以前よりもさらに節操なく利用する気でいる。

助けてくれる者は誰もいなかった。

一年前、差し伸べられた手を拒んで以来、璃炎は生きる屍《しかばね》に等しい状態だった。多くの者の命を質に取られ、無理やり言うことを聞かされてきた。

だが、陳凱のものになるのだけは、どうあっても我慢できない。だから、もし本当に無体な真似をされるなら、その前に舌を噛み切ってでも命を絶つ。耿惺には、必ず生きていてくださいと言われたが、もう他に方法はなかった。

自分が死んでしまえば、もう利用しようにもできなくなるのだから、丁玄だって、あえて侍女たちの命は奪わないだろう。

できることなら、最後にもう一度だけ耿惺に会いたかった。今、璃炎の胸にあるのは、その思いだけだった。

†

昼から続いた曇天《どんてん》で、月明かりのない夜だった。しかし、野営地には赤々とかがり火が焚かれている。

都から出立して五日になるが、勢いがよかったのは最初だけで、一行の歩みは遅々として進んでいなかった。そのうえ、ただ逃げるだけの行程なので、早くも軍の中にはだらけた雰囲気が充満している。

野営地には数限りなく天幕が立てられていたが、そのまわりにはろくに見張りも配置されていない。

兵たちには青党軍に追われているという自覚もあまりないのか、酒を飲み騒いでいる者も多く見受けられる。統率が乱れ、だらけきっているのも、頂点に立つ陳凱の影響あってのことだろう。

これでは、もし青党軍が夜襲でも仕掛けてきたら、ひとたまりもなくやられてしまうに違いない。

戦などというものに縁のない璃炎ですらそう感じたほど、陳凱に従う者たちはひどい有様だった。

その陳凱が璃炎の天幕を訪れたのは夜半近くなってからだ。

「待たせたな、璃炎」

陳凱は酒臭い息を吐きながら、遠慮もなく天幕の中まで入ってくる。屈強な武官が二名、後ろに従っていた。

「このような時間に、なんの用ですか？」

璃炎は怯えを悟られないように、必死に平静を保った。

璃炎に割り当てられた天幕はさほど大きなものではなく、入口はひとつだけ。どこにも逃げる隙はない。

「相変わらずつれないことだ。しかし、今宵は、あまり駄々を捏ねられても困る。素直にわしの意に従うよう、先にちょっとした趣向《しゅこう》を凝らそう」

「いったい、なんのことでしょう？　養父からも、何も聞いておりません。申し訳ないですが、今宵はどうぞお引き取りを」

璃炎は必死に言い訳したが、それぐらいで陳凱が止まるはずもなかった。

「おい、押さえろ」

陳凱が顎をしゃくって短く命じると、ふたりの屈強な男がすぐさま璃炎へと近づいてくる。

「ぶ、無礼者！　それ以上、近づくな！」

しかし、璃炎の叫びはなんの効果も及ぼさなかった。

「わしが処置を施すまでの間、両手を押さえておけ」

「はっ」

命令するのは陳凱。そして陳凱の命しか聞かぬ男たちは、後じさる璃炎をさっと捕らえて、寝台の上に押さえつけた。

「深衣の裾をまくって、尻を剥き出しにしろ」

「はっ」

あらぬ命令に、璃炎は息をのんだが、男たちの手は止まらない。

なんの抵抗もできないうちに、深衣の裾をまくられ、下肢を剥き出しにされた。

「や、やめろ……っ」

璃炎は懸命に首を振った。

だが、陳凱が再び顎をしゃくり、その意を汲《く》んだ者の手で四つん這いの体勢を取らされる。

「ほお、なんと……これは想像以上にきれいな肌だ」

「くっ」

陳凱の手で剥き出しの尻を撫でられ、璃炎はきつく唇を噛みしめた。

しかし陳凱はさらに屈辱的に、璃炎の双丘に両手をかけて割り開く。

「ああっ」

璃炎は思わず悲鳴を上げた。

「ずいぶんと慎ましやかに閉じておるな。ここにわしのものをねじ込むのが楽しみだ」

秘めやかなあわいに、陳凱の太い指を這わされる。

今にも中まで犯されそうになり、璃炎は覚悟を決めた。

もうこれ以上は我慢できない。

抱かれて嬉しかったのは、相手が耿惺だからだ。他の男、しかも陳凱のような下衆《げす》な輩《やから》に犯されるぐらいなら、死んだほうがまし。

耿惺にもう会えないなら、この世に未練もない。あの時、生きていろと言われた言葉だって、もしかしたら自分の願望が見せた幻だったかもしれないのだ。

だいいち、あれだけ耿惺を傷つける言葉を吐いておいて、甘い夢のような期待を持つなど、筋違いもいいところだろう。

璃炎は己の舌を噛み切ろうと、ぐっと力を入れた。

しかし、目敏く気配を察した武官に、すんでのところを邪魔される。顎をぐいっと押さえられ、口を閉じられなくなった璃炎は、呻き声を上げた。

「ううっ」

「このわしをいやがって、舌を噛もうとしたか。ふん、楽しむ前に死なれてはならぬ。何かで口を塞いでおけ」

陳凱の命令で、璃炎の口には無理やり深衣の一部が押し込まれる。

舌を噛むこともできなくなった璃炎は、悔し涙をこぼした。

「璃炎、逆らっても無駄だ。今におまえは自分から、このわしを求めるようになる。ふん、素直になれるよう、これを尻に塗ってやろう」

「んんっ、んぅっ」

陳凱の指が狭間にかかり、璃炎はひときわ激しく首を振った。

けれども、陳凱は片手で璃炎の尻をつかみ、もう一方の指をいきなり窄《すぼ》まりに挿《さ》し込んでくる。

「んぅ……う、ふっ」

いやなのに、拒むすべはなかった。陳凱の指は何かねっとりしたものを伴って、簡単に奥まで入ってくる。

くいっくいっとあちこち探るように指を動かされ、璃炎は涙をこぼした。

何故、もっと早くに自分の命を絶っておかなかったのか、悔やまれるばかりだ。

「なんという狭さだ。なのにやわらかくわしの指を喰いしめてくる。これなら女より楽しめそうだ」

「う、ぅっ……んっ」

あまりの暴言に璃炎は懸命に指から逃げようとしたが、三人の男たちに押さえられていては、それも無駄な足掻きだった。

そのうち、陳凱に弄られている狭い場所があり得ないほどの熱を持ち始める。

陳凱の指で塗り込まれたものが、効力を発揮し出したのだ。

「どうだ？　これは西方から渡来した媚薬だ。どんな生娘《きむすめ》でも男を欲しがって狂うという曰《いわ》く付きのものだ。たっぷり塗ってやったから、そろそろだろう」

あまりのことに、璃炎は激しく首を振った。

けれど、陳凱の脅しは体内の奥深くで現実のものとなりつつある。

太い指の先をぐるりと回されただけで、わけのわからない疼きが生まれ、身体が異常に熱くなった。

「うう……う、んっ」

璃炎は無意識に腰を揺らした。

中が疼いて疼いてたまらなかった。

ゆるゆる掻き回されているだけでは物足りず、もっと強い刺激がほしくなる。

「おお、すごく締めつけてくる。ここがいいのか、ん？」

陳凱は甘ったるい声を出しながら、焦らすようにわざとゆっくり指を出し挿《い》れする。

途中で、するりと敏感な場所を擦られ、璃炎はいちだんと強く腰を震わせた。

いつの間にか、花心までが恥ずかしげもなく勃ち上がっている。太い指で中を掻き回されるたびに硬く張りつめて、先端の窪みには滴《したた》るほどの蜜が溜まった。

それでもまだもの足りず、璃炎は無意識に腰を回す。

媚薬で脳を冒されていなければ、その場で憤死しそうなほどの淫らさだ。

「んぅ……んっ」

「よしよし、苦しいか？　口の布はもう取ってやろう」

指を抜いた陳凱が満足げに言う。

そして璃炎の身体を表に返しながら、深衣の端を口から引き出した。

「あ、んっ」

そのとたん、やけに甘ったるい喘ぎがこぼれる。

陳凱は璃炎の上半身を覆っていた深衣を残らず取り去った。

燭台の灯りの下、一糸もまとわぬ裸身が映し出される。

「なんと、美しい……高貴な姫君でもこれほどの美貌を持つ者はいない」

陳凱が感動したように言うのへ、璃炎は虚《うつ》ろな目を向けた。

頭が朦朧《もうろう》として、そばに誰がいるのかもはっきりとは認識できない。ただ体内で荒れ狂っている疼きのことだけしか考えられなかった。

「あ……ぅ」

両足を大きく開かされ、さらに膝を折られて腰を持ち上げられる。

局所をすべてさらした淫らな格好だ。

奥に媚薬を塗られた場所が蕩けきってひくついている。

早くこの疼きを止めてほしい。内壁は爛《ただ》れたように熱く、痒みを伴っている。何か太くて硬いもので擦ってもらえば楽になる。

璃炎はただ本能に従うように腰を揺らすだけだった。

「よしよし、今やるからな。待っていろ。ここもはちきれそうに膨らませているな。とろとろ蜜がこぼれている」

陳凱は上機嫌で言いながら、宥めるようにそそり勃つ花芯をひと撫でする。

「ああっ」

強烈な快感で、璃炎は激しく腰をくねらせた。

その間に、陳凱は自らの軍装を乱して凶器を取り出す。

ふたりの武官は主に遠慮して、すでに天幕から姿を消している。

しかし、準備を整えた陳凱が再び璃炎の腰に手をやった時、突然予期せぬ事態が起きた。

「陳凱、貴様！　璃炎さまから手を離せ！」

恐ろしいほどの怒声を発して、長身の男が天幕内に飛び込んでくる。

「貴様《きさま》こそ、何者だ？　うおっ！」

怒りで貌を真っ赤にした陳凱だったが、長身の男にあっさり襟首をつかまれて、引きずられる。

「貴様なぞ、この手を汚して斬る価値もない。この場から即刻、失せろ！　そして二度と璃炎さまに近づくな！」

長身の男は天幕の入り口まで陳凱を引きずっていき、容赦なく外へ蹴り飛ばした。

「ぎゃっ！」

地面に叩き伏せられた陳凱は、聞くに堪えない悲鳴を上げる。

あとがどうなったか確かめもせず、長身の男は天幕内に悠々と引き返す。

それは、軍装に身を固めた耿惺だった。

「璃炎さま！　なんというお姿だ……くそっ、俺は、遅すぎたのか……」

耿惺は、自分自身が許せぬように、苦しげな声を漏らす。

そして、裸で震えている璃炎をひしと掻き抱いた。

だが、璃炎には自分が耿惺に抱かれているとの自覚もない。頭は完全に媚薬に冒され、朦朧としたなかで、飢餓《きが》感だけに襲われていた。

「いやだ……抱いて……早く……は、やく……っ」

相手が誰かもわからずに、ただ渦巻く熱をなんとかしてほしくて縋りつく。

一糸まとわぬ淫らな姿で、目の前の逞しい男にしがみつくだけだった。

「璃炎さま……」

「は、やく……欲し……い、おまえの……」

瑠璃色の目は淫楽に冒されて焦点さえ合わない。口の端からだらしなく涎《よだれ》までこぼしながら、甘ったるい息をつくだけだ。

焦れきった璃炎は自ら男の手をつかんで、胸や花芯に触れさせる。

「大丈夫ですか？　苦しいのですか？」

男はそう言って、いっそう力を込めて璃炎を抱きしめる。

「やっ、……早く……っ」

璃炎は呻くように催促した。

抱きしめられているだけでは満足できない。もっと荒々しくあちこち刺激して欲しいのに、男はそれらしいことは何もしてくれない。

すべて無意識にやったことだが、哀れな姿にようやく男がその気になる。

「璃炎さま……お許しください。俺のせいで……こんなに……っ。苦しいのですか？」

「うう……っ」

「苦しみを静めるには、こうするしかないのですね？」

耿惺は片手で璃炎を抱きながら、器用に自らの下肢を乱して猛ったものを取り出す。

腰をすくい上げるようにして、璃炎を寝台に押しつけ、両足を開かせて、蕩けた蕾にその猛ったものを擦りつける。

「あ、んっ……」

璃炎の口からこぼれたのは満足の喘ぎだ。

ようやく欲しかったものが与えられた。

力を抜いてすべてを預けると、逞しい灼熱の杭が蕩けた場所にねじ込まれる。

「璃炎さま……」

「あ、ん……、こ、う……あう……んっ、いい……気持ち、いい……あ、ぅ」

璃炎はうっすらと微笑みすら浮かべた。

しっかりと奥の奥まで逞しいもので埋め尽くされている。

こんなふうに満たされたのは、いつ以来だろう？

大切な半身のような存在を失って、生きているのか死んでいるのかわからぬような日々を過ごしてきた。

けれど、今は違う。

疼いて疼いてたまらない場所に、熱く脈打つものが埋め込まれている。

貪欲にすべてを喰らい尽くすかのように打ち込まれた楔《くさび》。

この熱さには覚えがある。

この力強さにも覚えがある。

璃炎は熱に浮かされ潤んだ目を懸命に見開いた。

すると薄い膜がかかったかのようだった視界が、ふいにはっきりしたものになる。

そこにあったのは、毎夜のように夢見てきた懐かしい男の貌だった。

「……耿、惺……？」

璃炎は喘ぐように訊ねた。

「そうです。俺です。璃炎さま。璃炎さまを抱いているのは俺です」

耿惺は狂おしく言って、ひときわ激しく腰を打ちつけてくる。

「ああっ、……ふ、くっ」

璃炎は揺らされるままに甘い声を上げた。

けれども、これが現実であるはずがない。さっきおかしな薬を塗られたせいで、頭がおかしくなっているだけだ。

苦しいことが多すぎたから、こんなふうに甘い夢を見て……。

だけど、これが夢なら恥ずかしさなど忘れて、思いきり耿惺が欲しいと言える。

「好き……欲し……こ、……だけ……好き……、ああっ、うくっ、好き……もっと、もっと欲し……っ、ああ、ん」

璃炎は夢と現の狭間で、奔放《ほんぽう》に声を上げ続けるだけだった。

八

璃炎が意識を取り戻した時、天幕の中には誰の姿もなかった。

木材を組み上げた台に詰め物をした敷物を載せた褥で、璃炎は眠り続けていたらしい。

頭が重く鈍い痛みが残っている。身体もまだ熱っぽく、動くのが億劫《おっくう》なほど疲れていた。

ぼんやりした中で、璃炎は徐々に昨夜の出来事を思い出した。

陳凱におかしな媚薬を使われ、犯されそうになったのだ。

いや、最後までされてしまったのか……？

ふいに浮かんだおぞましい考えに、璃炎は慌てて首を振った。

違う。自分は夢の中で誰か他の男に抱かれていた。

あれは陳凱などではなく……もしかして耿惺だった？

しかし、耿惺がこんな場所にいるはずもない。

あやふやな記憶に不安を煽られ、璃炎は必死にだるい身体を起こした。

「璃炎さま？　気がつかれましたか？」

気配を察したように声をかけてきたのは、小芳だった。

「小芳か……」

いつもどおりの落ち着いた貌を見て、璃炎はほっと安堵の吐息をついた。

都落ちする行列でずいぶん離されてしまったのに、追いついてきてくれたのだ。

「璃炎さま、まずはお茶でも召し上がりますか？」

「ああ、頼む」

小芳はあらかじめお茶の道具を揃えていたようで、手際よく湯を沸かし、茶葉を落とした椀に注ぎ込む。

熱い茶を飲んで、璃炎はようやく人心地を取り戻した。

「天幕の外がずいぶん静かだな、今日は進まないのか？」

何気なく問うと、小芳は驚いたように目を見開く。

「まさか、何もご存じないのですか？」

「なんの……ことだ？」

不安を煽られ、璃炎は小さく訊ね返した。

誰ともわからぬ男に抱かれてしまった。そのうえ何があったというのだろうか。

小芳はほうっとため息を漏らし、それから一気に昨夜来の出来事を語り出す。

「璃炎さま、お気の毒ですが、丁玄さまがお亡くなりになられました」

「ええっ」

寝耳に水のことを聞かされて、璃炎は色を失った。

「暴徒に襲われたのです」

「暴徒に襲われた？　青党軍か？」

「いいえ、違います。襲ったのはこの行列に従っていた民です」

小芳は沈鬱な貌で事情を明かす。

青党軍に間近まで迫られても、陳凱が率いる軍はなんら手を打とうとしなかった。それで、この行列に加わっていては、自分たちの命が危うくなると、何十、何百という民が逃げ出そうとしたそうだ。

黙って見過ごすわけにはいかないと、陳凱軍は民に刃を向け、それで一気に暴動が起きた。呉丁玄はその暴動に巻き込まれて命を落としたとのことだった。

陳凱に連れられていた璃炎は、行列でも前のほうにいた。後方でそんな騒ぎが起きていることなど、まったく知らなかった。

「養父上が……まさか……」

「どうか、お気を落とされませんように」

青くなった璃炎を見て、小芳が慰めの言葉を口にする。

璃炎は何をどう答えていいものかわからなかった。

すぐには悲しみや怒りが湧いて来ない。

育ててもらった恩がある。しかし実の父親であったにもかかわらず、丁玄は璃炎を利用することしか考えていなかった。

ならば丁玄を憎んでいたのかと問われれば、それも違うような気がする。

とっさには自分の気持ちが測れず、璃炎はただ黙り込んだだけだ。

「肝心要《かなめ》の陳凱将軍まで青党軍の手にかかって果てられた由。これからどうなるのかと不安でしたが、まさかあの耿惺が……本当に、わからぬものですね」

小芳はそこまで言って、感慨深げにため息をつく。

「耿惺？　今、耿惺と言ったのか？　耿惺がどうしたのだ？」

璃炎は眉根を寄せながらたたみかけた。

「耿惺のこと、璃炎さまはご存じなかったのですか？　昨夜は、耿惺とご一緒だったとばかり思っておりましたが？」

逆に不思議そうに問い返されて、璃炎は力なく首を左右に振った。

記憶が曖昧で、はっきりしたことは何も覚えていない。

「そうですか。ならばご説明しましょう。青党軍を率いている青将軍とは、なんと耿惺のことだったのですよ」

小芳はどこか誇らしげに言う。

璃炎は衝撃のあまり、しばらくは声を出すことすらできなかった。

では、昨夜この天幕に現れたのは、やはり耿惺だったのか？

懸命に記憶を手繰《たぐ》ると、徐々に昨夜起きたことが思い出されてくる。

陳凱におかしな媚薬を使われ、ずいぶん淫らな真似をしていた気がする。相手が誰だろうとかまわない。滾るような熱さと痒みを伴う疼きを抑えてくれるならと……。

そして、自分は確かに誰かに抱かれた。

あれは、耿惺だったのか？

今にも犯されそうになっていた時、将軍をあっさり天幕から叩き出し、そのあと自分を熱く抱いたのは、耿惺だったのか？

そうだ。あれは間違いなく耿惺だった。

思い出すと同時に、璃炎は羞恥で真っ赤になった。

だが、そのあとすぐに自分がさらした痴態まで思い出し、今度は貌を青ざめさせる。

その時ちょうど、天幕の入り口に張ってある分厚い布が揺らされて、その耿惺自身が姿を見せた。

「失礼いたします」

軍装に身を固めた耿惺は、いちだんと逞しさを増していた。

髪は結びもせずに肩に流しているだけだが、陽に焼けた精悍な貌は相変わらず整っている。

そしてどこまでも澄みきった青い双眸……。

視線が絡んだだけで、心の臓があやしく音を立てる。頬も一気に熱くなって、璃炎は慌てて耿惺から目をそらした。

あれほどまで恋しくてたまらなかった耿惺が目の前にいる。

それだけではなく、昨夜は意識もはっきりしないままで、淫らに抱かれてしまったのだ。

羞恥に襲われた璃炎はどうしていいかわからなかった。

それなのに耿惺のほうは、悪びれた様子などいっさいなく、堂々と近づいてくる。

そして璃炎が座っている寝台の傍で、昔と変わらずさっと片膝をついた。

「小芳殿、璃炎さまにお話ししたいことがある。悪いが席を外してもらえないか？」

しかし身分の枷から解放されたせいか、口のきき方は一年前とまったく違っていた。

己に対する引け目などまるでない、小芳とは同輩であるかのような物言いだ。

そして声をかけられた小芳のほうも、それを少しも不自然に思っていない様子だった。

「かしこまりました。私はしばらく外へ出ております」

「あ……」

璃炎は助けを求めるように、小芳へと手を伸ばした。

しかし、はっきりと呼び止める前に、忠実な侍女は天幕から出ていってしまう。

耿惺とふたりきりで残されて、璃炎はますますいたたまれなくなった。

「璃炎さま、ご気分はいかがですか？　昨日の薬……あれは、休んでいるうちに薬効が抜けるとのことでしたが……」

曖昧な言い方をされ、璃炎はさらに羞恥に襲われた。

「いったい、なんのことだ？　それに、おまえは今さら何をしに来た？」

思わず咎めるように言ったのは、恥ずかしさをごまかすためだ。

それに、自分はこれほど動揺しているというのに、耿惺が平気な貌をしているのも悔しかった。

「璃炎さまがお許しくださらないのは、わかっておりました。特に、お養父上、丁玄さまが命を落とされたのは、俺にも責任があること。いくらお詫びを申し上げても取り返しがつきません」

耿惺はそう言って床に両手をつき、深々と頭を下げる。

璃炎は混乱していた。

耿惺がどういう立場でものを言っているのか、わからなかったからだ。

「そういえば小芳から話を聞いた。青党軍を率いているのは、おまえだそうだな？」

「はい、間違いございません」

「たった一年しか経っていないのに、おまえはどうやって？」

一年前、耿惺は身ひとつで都から落ち延びたはずだ。なのに、こんな短期間で何十万にもなる青党軍の長に収まるなど、到底信じられなかった。

耿惺は整った貌を上げ、青の瞳でしっかりと見つめてくる。

「俺は都から追われ、兄の許に身を寄せました」

「兄？」

「はい。青党軍は兄が率いていた軍です。一度は鎮圧されましたが、難を逃れた仲間が再び結集し、圧政に苦しむ民のために戦いを繰り返していた。しかし兄は重い病を得て、もう命も長くありません。それで俺が兄の代わりに青党軍を預かったのです」

「おまえの家族……母親や妹はどうした？　居場所はわかったのか？」

「はい。家族の行方は伝を頼りに捜し出しました。お陰様で皆、息災にしております」

璃炎はほっと息をついた。

耿惺の家族のことは長らく気にかかっていたのだ。無事だと聞いて素直に嬉しかった。

けれども、一番の問題は目の前にいる耿惺だ。

「それで？　おまえの狙いはなんだ？　首尾よく陳凱の頸《くび》を盗ったようだが、陳凱に取って代わるのが目的か？」

璃炎は自分でもどうかと思うほど、辛辣な口のきき方をしてしまう。

この一年、耿惺を恋しく思わぬ日はなかった。毎日無事を祈り、でも、もう二度と会うこともないと諦めなければならなかった。

忘れようとして忘れられず、悶々と苦しい思いにばかり駆られて……。

昨夜はあんなふうに淫らな姿をさらしてしまい、羞恥で合わせる貌さえないというのに、耿惺のほうは何事もなかったかのように涼しげにしている。

それに耿惺はあまりにも変わりすぎた。

都を出奔した当初は苦難もあっただろうが、いつの間にかこんなにも逞しく、一軍を率いる将になって現れるとは……。

幼い時も、一年前に別れた時も、自分こそが耿惺を守ろうと思っていたのに……。

自分は姫君として、無理やり輿入れさせられそうになっていたというのに、これでは差がありすぎて、どう向き合っていいかもわからなかった。

「璃炎さま、陳凱は俺の手で仕留める価値もない奴でした。昨夜はここから叩き出しただけだったのですが、部下が放っておかなかったようです。しかし、討たれて当然の輩。同情の余地はありません。それとも璃炎さまは、そのことにお怒りなのでしょうか？」

「なんだと？」

耿惺の口調が突然冷ややかなものになり、璃炎は眉をひそめた。

先に怒らせるような口のきき方をしたのは璃炎のほうだが、見れば端整な貌にもどこか冷たい表情が出ている。

「璃炎さま、お訊ねしたかったのは璃炎さまの意志です。昂国の帝位はこの一年空位のまま。これを捨て置くわけにはいきません。皇帝は国の要。どなたかに即刻帝位に即いていただかねば、この国はますます乱れていくばかりです」

「……」

話がどの方向に進むのか見当がつかず、璃炎は黙り込んだ。

そして耿惺は、冷たくはあるが、真摯な眼差しを向けたままで問いかけてくる。

「璃炎さまは帝位に即く気持ちがおありですか？」

璃炎はすぐさま首を左右に振った。

「そんなつもりはない。私を帝位に即けたがっていたのは養父上だ。しかし、養父上は亡くなられた。私自身は即位などしたくない」

それに、そんな資格もない。

璃炎は声には出さずにそう続けた。

その時、ふいに頭に浮かんだことがある。

自分には資格がないが、耿惺はその資格を持っている。

自分には先帝の血など流れていなかったが、崔家の耿惺は別だ。耿惺の身体には何代か前の皇帝の血が流れているはずだ。

「お気持ち、よくわかりました。それでは、この件に関しては、璃炎さまの意志を尊重しましょう」

耿惺はそう言っただけで、すっと立ち上がる。

話はこれで終わったとばかりに背を向けられて、璃炎は焦りを覚えた。

せっかく再会できたというのに、こんなぎくしゃくとした会話しかできなかった。

素直になれなかった自分が悪いのかもしれないが、耿惺の態度も余所余所《よそよそ》しすぎる。

璃炎は途方に暮れたような思いで、耿惺の背中を見つめた。

しかし、天幕から出ていきかけた耿惺は、そこでくるりと振り返った。

「璃炎さま……あなたが俺を嫌っておられても、かまいません。俺は俺のやり方であなたを自分のものにする。この一年、それだけを考えて生きてきた」

耿惺の言葉に、璃炎は思わず胸を熱くした。

では、耿惺も自分と同じような苦しさを味わってきたのだろうか。

そうだとしたら、どんなに嬉しいか。

けれども逞しい男の貌には暗い陰などいっさい見えない。

「璃炎さま、あなたは一年前、俺と一緒に逃げるぐらいなら、陳凱の慰み者になったほうがましだと言われた。だから俺もあなたを手に入れるために、陳凱のやり様を見習います」

「え？」

「そのほうがあなたも満足でしょう」

「いったい、何が言いたい？」

思わず問い詰めた璃炎に、耿惺は何故か極上とも言える微笑を浮かべた。

「璃炎さま、あなたは皇家の血を引く姫君として、陳凱に輿入れするはずだった。だから、俺もそうします。皇帝として即位し、あなたを后に迎える」

「！」

あまりにも思いがけない言葉に、璃炎は絶句した。

耿惺が皇帝になる？

自分を后に迎える？

莫迦な！

しかし、耿惺はそれきりで天幕から出ていき、璃炎は呆然としたままで取り残されてしまったのだ。

真意を問い質そうにも、そんな隙もなかった。

†

「璃炎さまの輿入れ、もうすぐだそうですよ？」

どこか楽しげな小芳の声に、璃炎はかすかに眉をひそめた。

陳凱が都落ちの途中で青党軍に討たれてから、ひと月ほどが経っていた。

当然の話だが遷都は取りやめとなり、民は我先にと都へ帰ったのだ。

市井で暮らす者たちはいつも逞しい。短い間にすっかり元どおりの生活に戻り、そんななかで人々が取り沙汰しているのは、新しく即位することになった崔耿惺のことだった。先帝との所縁《ゆかり》は何もなかったが、陳凱の圧政から人々を解放した耿惺は、昂国全土の民から絶対的な指示を受けていた。

他に皇帝となるに相応しい候補者でもいれば話は別だが、陳凱がかなり横暴な粛正を行ったせいで、先年身罷った帝、あるいは先帝の血を引く男子はほとんど残っていない。次なる候補は当然の結果として、遠縁の者から選ぶことになる。

ゆえに、陳凱を都から追い出した功労者、崔耿惺の名が上がるのは、むしろ当然のことだった。耿惺は民からも絶大な人気を誇っており、昂国全土に散らばる諸侯からも信頼が篤い。

つまり、耿惺の即位は、皆が待ち望んでいることだった。

陳凱と丁玄が果てたあと、璃炎は離宮に戻され、今度は耿惺の許に輿入れする日を待つ身となった。

陳凱の時とは違って、小芳は浮き浮きした様子を見せているが、璃炎はなんとなく沈鬱な気分を拭えなかった。

「どうされたのです？　晴れの日はもうすぐだというのに、浮かぬ貌をなさって」

「小芳、おまえは私が男子であることを忘れているのではないか？　耿惺が皇帝となるのはいい。しかし、何故わざわざ私を后に仕立て上げる必要がある？　耿惺は陳凱とは違う。后になりたい姫などいくらでもいよう」

璃炎は力説したが、小芳はにっこりと笑っただけだ。

「でも、璃炎さま。本当は嬉しいのでしょう？」

「なん、だと？」

いきなりの言葉に、璃炎は思わず頬を染めた。

これでは小芳に、耿惺への気持ちを覚られてしまう。

璃炎は慌てて、庭を眺める振りをしたが、古参の侍女はそんなことで騙せるような相手ではなかった。

「璃炎さまと耿惺の仲のよさは、昔から特別でしたよ？　耿惺は奴僕でした。それでも璃炎さまは耿惺を慕い、耿惺も璃炎さまには絶対の忠誠を捧げていた。耿惺は……ああ、もうこんな呼び方をしてはいけなかったですね。耿惺さまは、璃炎さまのために帝位に即く決断をなされたのではないでしょうか」

「私のため？」

「はい、璃炎さまは即位を断られたのでしょう？」

「ああ、断った」

「静かにお暮らしになりたいというお気持ち、耿惺さまもわかっていたからこそ、自ら帝位を継ぐつもりになったのでは？　すべては璃炎さまのためによかれを思って決めたこと。私はそう思われてなりません」

璃炎はどきりとなった。

小芳の言い分には一理ある。

耿惺は自らの野望で帝位を欲しがったわけではない。それだけは確かだ。

そうなると、すべてが自分のためだという意見に異を唱えるのは難しくなる。

しかし、璃炎にはどうしても釈然としない部分があった。

もし、すべて自分のためを思ってのことなら、どうして耿惺はそう言ってくれないのだろうか。

耿惺の傍にいるのは昔からの望みだった。どんな形でもいいから、傍にいてほしいと思っていた。だから耿惺の后になれば、その望みが叶うことになる。

それでも璃炎は素直に喜ぶ気にはなれなかった。

たぶん、自分はもっと欲ばりになっているのだろう。

傍にいるだけでは足りない。

耿惺との間に、もっと違う何かがあってほしいと願っているのだ。

†

耿惺が新皇帝として立ったのは、それから数日後のことだった。

そして同日、崔璃炎がその后として宮中に召された。

本来なら、何日にもわたって祝賀の宴が催されるはずだが、耿惺はそのほとんどを取りやめにした。陳凱の専横で辺境に流されていた王族や貴族、高官たちが呼び戻されて、正しく政を行うための朝廷が整えられた。耿惺はそれらの人々からの言祝ぎを受ける場として、宴を催したにすぎない。

口さがない者たちは、耿惺が一時奴僕であったことを揶揄していた。育ちが悪いゆえにしきたりを知らぬのだと。だが、当の本人はそんな批難など歯牙にもかけなかった。

国中が困窮している時に、無駄な金をかける必要がどこにある？

耿惺はそう言って、皆を黙らせたのだ。

ともあれ、一時は奴僕の身分であった耿惺が、正式に昂国の帝位に収まることとなった。

後宮に移った璃炎は、すべての儀式を終え、ようやくほっと息をついていた。

后としての璃炎に与えられたのは、後宮でも一番華やかに整えられた宮だった。

しかし璃炎は宮に入ると同時に、一緒に後宮入りした小芳を捕まえて要求した。

「髪飾りが重すぎる。早く取ってくれ」

「せっかく結い上げた御髪《おぐし》なのに、もう解いてしまわれるのですか？　もったいないでしょう？　しばらくこのままでおられてはいかがです？」

「いらぬ。いつまでもこんな重いものを載せていると肩が凝る」

にべもなく言った璃炎に、小芳は大げさなため息をつく。

璃炎は重い装束を脱ぎ、髪も下ろして、薄物の深衣のみを残すという身軽な格好に戻った。帯は結んでいるが、裳や袍もつけない。

奥の間の寝台にすとんと腰を下ろし、そのまま身を横たえると、小芳が焦ったように飛んでくる。

「璃炎さま、そろそろお支度を調えておかねばなりません」

「支度？　なんのだ？」

疲れたので早めに休みたいと思っていた璃炎は、思わず不満の声を出した。

「なんの支度って、璃炎さまは今日をもって、正式に皇帝陛下の后となられたのですよ？陛下のお渡りがあるに決まっているではないですか」

ほとほと呆れたと言わんばかりの小芳に、璃炎はかっと頰を染めた。

「そ、そんなこと、あるわけない」

璃炎は、この婚儀はあくまで形式的なものだと思い込んでいた。

陳凱が后にと望んだせいで、璃炎の存在を知る者も多くなっている。真実とはほど遠いのだが、璃炎は先の帝の異母妹ということになっていた。陳凱が璃炎を男子と知ったうえで后にすると言い出したのも、異母妹という名を利用するためだ。

だから、陳凱と同じ事をすると明言した耿惺も、璃炎を后に立てたことで目的は達したはず。何も閨までともにする必要はない。

けれども、耿惺にはこれでもう二度も抱かれているのも事実だ。

最初は無理やりで、二度目は媚薬を使われてのことだったが……。

まさかとは思うが、もし本当に耿惺が訪れる気でいたなら、どうすればいい？　どんな態度を取ればいい？

これは便宜上の婚姻だ。そう言って追い返すか、それとも……。

璃炎の逡巡は長くは続かなかった。

何故なら本当に、皇帝となった耿惺が姿を現したからだ。

璃炎は焦って、身を横たえていた寝台から跳ね起きた。そしてだらしない格好を恥ずかしく思い、急いで小芳に袍を着せかけてもらおうとしたのだが、それを寸前で止められる。

「小芳、ここはもういい。外せ」

「は、かしこまりました。仰せのとおりに」

耿惺はまるで生まれながら帝位に即いていたかのごとく威厳たっぷりの声で命じ、小芳もそれに恭しく応じる。

思わず見上げた耿惺は、本当に気品に溢れた皇帝ぶりだった。

奴僕だった耿惺はいつもみすぼらしい格好をしていた。けれども、璃炎はこっそり想像してみたことがある。

鮮やかな紅の深衣に、金糸で豪華な縫い取りを施した白の深衣を重ね、幅広の帯をつける。深夜のこととて、さすがに太刀は佩いていないが、耿惺はまさしく、あの時想像したのと大差ない格好だ。

逞しい長身には煌びやかで豪奢な装束がよく似合っている。

璃炎は思わず頬を染めて、その美しい立ち姿に見入った。

「璃炎さま」

しかし、耿惺にそう呼びかけられたと同時に、はっと我に返る。

耿惺は遠慮もなく寝台に並んで腰を下ろし、璃炎の肩まで抱き寄せてきたのだ。

「な、何をしに来た？　おまえの目的はもう達しただろう。私はおまえの要求どおりにした。これでもう用はないはずだ。帰ってくれ」

璃炎は思いきり冷ややかな声で決めつけた。

けれども隣の耿惺を意識するあまり、心臓の音が高鳴ってどうしようもない。

「璃炎さま、怒っておられるのは承知しております。でも、どうか、こちらを向いてくださ い」

耿惺は優しげに言って、璃炎の顎にそっと手を当てる。

やわらかく向きを変えられて、璃炎はさらに頬を赤く染めた。

青の瞳でじっと見つめられると、息さえもできなくなってしまいそうだ。

「即位を急がせたせいで、璃炎さまとはゆっくり話す時間もありませんでした。だから、今聞いてください」

「……」

璃炎はどう答えていいかもわからなかった。

黙ったままでいると、耿惺はほっとひとつ息をつく。そうして再び口を開いた。

「璃炎さまが俺を救うために色々してくださったことはわかっております」

「な、なんのことだか、私には意味がわからない」

思わせぶりな言葉に、璃炎はつい、顎にかけられた耿惺の手を振り払って横を向く。

「あの時、璃炎さまは丁玄に……養父上に脅されていたのでしょう？」

「し、知らぬ」

璃炎は激しく首を振った。

その動きで、ほどいた髪が灯火の光を受けいっそう輝きを放つ。

耿惺はその眩しさに目を細めていたが、それは璃炎も気づかないことだった。

「知らぬとおっしゃるなら、それでもいい。俺にとっては同じことです。あの時、璃炎さまが庇ってくださらなかったら、俺は命を落としていたかもしれない。無謀にも璃炎さまを連れて逃げようとしましたが、それも断ってくださってよかったのでしょう。はっきり言ってあの時の自分にはなんの力もなかった。それで璃炎さまとともに生きていきたいとは、おこがましい限りでした。璃炎さまが心を鬼にして突き放してくださったお陰で、今の俺は多少なりとも力を持てるようになった」

「多少だと？　おまえは帝位に即いたのだぞ？」

咎めるように問い返すと、耿惺はいくぶんてれたような笑みを見せる。

そこにいたのは、いつも優しく自分を見守り続けてくれた耿惺だった。

「本当のことを教えましょうか？　帝位に即いたのは、ひとえに璃炎さまを逃がさないためでした」

「な……っ」

息をのんだ璃炎に、耿惺はさらに笑みを深める。

「こうでもしなければ、あなたは俺のものにはなってくれそうもなかった。俺は厚意を無にして無理やりあなたを抱いたような男です。あなたが陳凱と一緒にいた時も、自分が抑えられなかった。俺は璃炎さまを手に入れるためだけに、帝位に即いたようなものです。どうです、呆れたでしょう？」

「そ、そんなことはない」

予想外の言葉ばかり聞かされて、璃炎はもう意地を張る気力をなくしていた。

何もかも自分のためだった。

耿惺はなんのてらいもなく口にする。外聞も意地も矜持も何もかも、どうでもよく、耿惺はただ心にある本音を明かしているだけだ。

それが今はなんの疑いもなく信じられる。

「璃炎さま、だから、どうか俺の伴侶として、これからもずっと傍にいてください」

真摯に言われ、璃炎は思わず涙ぐみそうになった。

でも涙を見られるのはやはり恥ずかしい。だから、そっと自ら上体を預けて耿惺の胸に火照った貌を埋めた。

「おまえは莫迦だ。帝位に即けば、これから先も苦労があるばかりだぞ」

「璃炎さまのためなら、どんな苦労があろうと厭いません。それに、璃炎さまから帝位を奪い、俺のものとした代償に、昂国の行く末にも責任を持つ。荒れた国を一日でも早く元の平和な国に戻せるように努力もする」

どこまでも生真面目な耿惺に、璃炎はほっとひとつ息をついた。

そうして貌を上げて、今まで秘密にしてきた真実を明かす。

「耿惺、私は呉丁玄の子だった」

「璃炎さま?」

「本物の崔璃炎は赤児の時に病で亡くなったそうだ。それを知った養父上は、いや、父は、自分の子である私を替え玉として乳母とともに後宮へ送り込んだ……」

重い事実を明かしたせいか、耿惺はしばし沈黙する。

だが璃炎はそっと宥めるように抱きしめられていた。温もりに包まれると、悲しさや寂しさがすぐに溶けていく。

「……ずっとその秘密をかかえているのは苦しかったでしょう。璃炎さま、これからは俺が傍にいます。絶対に傍から離れない。何があろうと絶対にです」

「耿惺、おまえはやっぱり莫迦だ。私などを后の座に据えても子はできぬ。今に大勢の側室を持つようになるくせに、私のためだなどとよくも言えたものだ」

そうなったとしても、別に咎めるつもりはない。多少はつらい思いをするだろうが、耿惺のためを思うならきっと耐えられる。

だから璃炎はうっすらと微笑んでみせたのだ。

しかし耿惺はゆっくり首を振る。

「いいえ、俺は璃炎さまの以外の后など持つつもりはありません。いつまでも世継ぎが決まらぬとなれば、また争いの火種となる。だから、俺は早い段階で養子を迎えようと思っている。俺はその子を自らの手で育てるつもりだ。立派な皇帝として立てる日が来たら、その時こそ、俺は璃炎さまを連れて旅に出たい。この世界は広い。それを璃炎さまに見せたいと思っている。昔、あなたを連れて館を抜け出した。あの時、あなたが見せてくれた笑顔が忘れられない」

「耿、惺……っ、おまえはそれほどまで……っ」

璃炎はたまらなくなって、嗚咽を上げながら耿惺に縋りついた。

もうなんの憂いもない。

耿惺の気持ちが痛いほどわかったから。自分と同じように、いや、耿惺はきっとそれ以上に自分を想ってくれていた。

「璃炎さま……」

「違う……今の私はただの璃炎。だから、璃炎さまなどという呼び方はするな」

「璃炎……俺にはあなただけだ。これからも生涯あなたを守り抜く」

真摯な誓いが鼓膜をとおし、胸の奥にまで染み入ってくる。璃炎は自然と涙を溢れさせた。

「耿惺……耿惺……っ、わ、私にもおまえだけだ。子供の頃から、耿惺だけが好きだった。だから、嫌いだなんて、嘘をつくのがどんなにつらかったか」

「俺もです。初めて丁玄の館へ行った日、空からあなたが落ちてきて、それ以来ずっとあなただけに捕らわれていた。あなたをは俺の生涯を通じての伴侶だ。これからもずっと離さない」

璃炎はますます強く耿惺にしがみつきながら何度も頷いた。

欲しかったのは真実の結びつき。だからもう他に望むことは何もない。

「耿惺……」

掠れた声を上げた刹那、耿惺の手で上向かされて、噛みつくように口づけられた。

背中にまわった力強い腕で、さらにしっかりと抱きしめられる。

璃炎は自分からも熱い口づけを求めて、耿惺の首筋に縋りついた。

口づけが深くなればなるほど、離れがたくなってしまう。

最初から寝台の上に並んで腰かけていた。だから璃炎は耿惺の手で簡単に組み伏せられた。

「ずっとこの日を待っていた。あなたをこの腕に抱ける日を」

褥に横たわった璃炎を、耿惺は食い入るように見つめてくる。

璃炎はうっすらと頬を染めて頷いた。

「耿惺……私も……耿惺に抱いてほしか……あっ」

皆まで言わぬうちに耿惺の手が慌ただしく深衣にかかる。

何もかも引き裂くように奪い取られ、璃炎はあっという間に淫らな様をさらけ出すこととなった。

室内には凝った装飾が施された燭台がいくつも立てられている。

煌々と照らされたその場所ですべてをさらすことに、これ以上ないほどの羞恥が湧く。

けれど耿惺の手が素肌を辿り出すと、瞬く間に身体が熱くなる。そしてよけいなことなど考える余裕もなくなってしまった。

「何もかも、あなたのすべては俺のものだ」

「あ……っ」

熱い言葉に身体の芯が疼いた。それと同時に璃炎の花芯も徐々に形を変えていく。

耿惺はその淫らな変化をすべて目にしているのだ。

「いやだ、耿惺。ひとりだけでは恥ずかしい」

璃炎が思わず両手で貌を隠すと、耿惺は急いで寝台から身を起こした。

そして重い袍と深衣を脱ぐ衣擦れの音が続き、すぐあとに逞しい身体が覆い被さってくる。

「これでいいですか？」

耿惺は璃炎の手をつかみながら、からかうように訊ねてくる。

肌に触れさせられて、さらに羞恥を煽られる。

「耿惺……」

頬を染めて名前を呼んだと同時に、璃炎は再び強く抱きしめられた。

今度は熱い素肌が密着する。下肢が合わさると、逞しく張りつめたものにも触れてしまう。

あまりの熱さにびくっと腰を引いた瞬間、再び噛みつくように唇を塞がれた。

耿惺は舌を挿し込んで存分に璃炎の口中を味わい、それから唇を耳へと移動させた。

敏感な耳朶をそっと口中に含まれる。

「んっ」

璃炎が背筋を震わせると、耿惺は耳に直接熱い息を吹きかけるようにして囁く。

「璃炎、今日は徹底的に可愛がってあげます。感じすぎで泣き出してもやめてあげられそうにない」

「そんな……ひど……んっ」

文句を言おうとしたのに、その言葉は再び戻ってきた唇に吸い取られてしまう。

淫らに熱い舌を絡められ、歯列の裏も丁寧に舐めまわされる。根元から強く吸われた時には、もう口だけではなく身体中が痺れたようになった。

耿惺は濃厚な口づけを続けながら、胸の粒にも指先を滑らせてくる。

勃ち上がった乳首をきゅっと指で摘まれて、璃炎はびくりと背中をしならせた。

「んんっ、……ふっ、く……」

耿惺はようやく口づけをほどき、そのまま首筋に舌を這わせてくる。

耳の下の敏感な部分を舐められ、そのあときつくそこを吸い上げられる。

「あっ……ふ……っ」

敏感な肌に舌を這わされるたびに、璃炎は熱い吐息をこぼした。

耿惺の唇は徐々に下降して、小さな胸の粒を口に含まれる。熱い感触に包まれただけで、身体の芯までたまらない疼きが走り抜けた。

刺激で尖り切った乳首にねっとり舌を這わされると、息が止まりそうなほどの快感に襲われる。

そのうえできつく先端を吸い上げられると、もうそれだけで極めてしまいそうになった。

「ああっ、やっ」

「相変わらず感じやすいですね。……もう胸だけでも充分に達けそうだ。どうですか、ここを吸われただけで達かせてほしいですか？」

「やだっ、そんな……いや」

尖った先端を強弱をつけて揉まれ、璃炎は必死に首を振った。

胸だけで達かされるなんていやだ。感じすぎて、本当におかしくなってしまうかもしれない。

璃炎は不安に駆られたが、身体は耿惺に触れられるたびに熱くなっていくだけだ。

下肢にも熱が溜まり、花芯はすでに恥ずかしいほどにそそり勃っている。

早くそこにも触れてほしいのに、耿惺にかまわれているのは胸だけだった。

「もう、いや……っ」

璃炎は両手でしっかり耿惺にしがみつき、ねだるように腰をよじった。

「待ちきれなくなりましたか？　璃炎は短い間にずいぶんいやらしくなった」

にやりと笑われて、璃炎はかっと頬を染めた。

「だって、耿惺がいけないのだろう」

「俺のせいですか？」

耿惺は仕方ないなといった感じで片眉を上げる。けれど次の瞬間には、我慢がきかなくなったように、璃炎に覆い被さってきた。

「ああっ……んっ」

大きな手で熱く張りつめたものを握られて、璃炎は甘い吐息をこぼした。

「もうこんなに濡らしていたんですか」

璃炎のはしたなさを暴き立てるように、溢れた蜜を幹に擦りつけられる。

「やだっ」

必死に首を振ったが、やわらかく揉まれると、快感の波が身体中に伝わっていく。同時に乳首の先端を吸い上げられると、びくっとひときわ大きく腰が揺れた。

何をされても怖いほど感じてしまう。それでも璃炎は両腕でしっかり耿惺の首に縋りつきながら、その愛撫をすべて受け入れた。

花芯を弄んでいた耿惺の手が徐々に後ろへとまわされて、剥き出しの双丘を軽くつかまれる。

「あっ」

それだけでも、びくんと腰が揺れたのに、耿惺の手が腿の内側に入り込み、両足も大きく開かされてしまう。

「これだけでは足りないですね。璃炎さま、もっと可愛がってあげますから、うつ伏せになって腰を高く上げてください」

耿惺は四つん這いになれと言っているのだ。

想像しただけで目眩がしそうなほど恥ずかしい格好だ。

「やだ、そんな……っ」

璃炎は首を振って拒んだが、いざとなれば耿惺は容赦ない。腰をつかまれて強引にうつ伏せの体勢を取らされてしまう。

「さあ、力を抜いて、足をもっと大きく開いて」

次々と恥ずかしいことを要求され、璃炎はたまらず寝台に顔を伏せた。

耿惺は開いた両足の間に身体を進め、掌でゆっくり双丘を撫でまわしている。なめらかな背中から薄い金色の髪も払われ、背骨に沿って舌も這わされた。

「……んっ」

耿惺の舌が動くたびに、身体の奥から疼きが湧き上がってくる。

璃炎は無意識に腰をくねらせて耿惺を誘った。

足を大きく開かされているので、恥ずかしい蕾が剥き出しになっている。耿惺がそこを覗き込んでいると思っただけで、かっと全身が熱くなった。

「ここにも欲しいですか、璃炎？」

ゆるゆると狭間に指を這わされて、璃炎はぶるりと小刻みに身体を震わせた。

「そこは……っ」

そんな恥ずかしいことに答えられるはずがない。

耿惺はそれでも、宥めるように閉じた窄まりを撫でている。

けれども、その指でくいっと入り口を開かれる。

そして息をのんだ瞬間、何かの濡れた感触が蕾に押しつけられた。

「あ、何……？」

璃炎はびくりとすくみ上がった。

懸命に振り返ると、耿惺が蕾を舐めているのが目に入る。

「い、いやっ、そんなの……っ」

璃炎は掠れた悲鳴を上げた。

ぬるりといやらしく、耿惺の舌で蕾が舐められている。

こんなに恥ずかしいことは他にないのに、気持ちがいい。たまらず腰を揺らすと、さらに舌が強く押しつけられる。

中まで侵入しそうな勢いに、璃炎は切れ切れに叫んだ。

「いやだ……や、あぁ……っ……そ、そんなとこっ」

いくら拒んでも、耿惺の熱い舌の動きは止まらない。とうとう中にまで挿しこまれ、ぬるりと恥ずかしい内壁が舐めまわされた。

「璃炎の中はひくひくしている。舐められるのが気に入ったようですね」

唇を離した耿惺は意地の悪いことを言う。

「ち、違う、からっ」

あらぬ疑いをかけられて、璃炎は真っ赤になって言い返した。

「そうですか？　それなら仕方ないですね。今は俺も余裕がない。舌で舐めるのはまた今度にしましょう」

そんな言葉をかけられて、璃炎はほっと息をついた。

だが、耿惺はその隙を狙ったように長い指を押し込んでくる。

舌の愛撫で蕩かされていた蕾は、喜んでその硬い指をのみ込んだ。

そして耿惺は最初から迷いもなく璃炎が一番感じる場所を指の腹で抉る。

「ああっ！」

ひときわ鋭い快感に襲われて、璃炎は弓なりに背中を反らせた。

反動で中の指を締めつけると、さらに大きな刺激が走り抜ける。

耿惺は璃炎の呼吸を測るように、何度も同じ場所を指で押した。そのたびに璃炎は強く耿惺の指を締めつけてしまう。

「中が溶けそうに熱いですね。指一本じゃ足りなくなりましたか？」

やわらかく訊かれたが、璃炎が首を振る暇もなく、二本目の指が押し込まれた。

「ううっ、く……っ」

さすがにきつくて呻きを漏らすと、耿惺はすかさず蜜をこぼす花芯を宥めるように握りしめる。

「あ、……っ、んっ、うぅ」

後ろと前、両方同時に嬲られるとたまらなかった。

けれど、璃炎が達しそうになると、耿惺は意地悪く愛撫の手をゆるめてしまう。

「いやだ、耿惺……っ」

「なんですか、璃炎?」

耿惺は優しげに訊ねてくるが、本当に欲しいものはなかなか与えてくれない。

「やっ、もう……もう、達き、たい……っ」

璃炎は耿惺の指を咥えたまま、無意識に腰を揺らして催促した。

それだけでもまた新たな快感に襲われて、もう息をするのも苦しくなる。

「欲しいのですか、璃炎?」

「んっ、欲しい……っ」

指だけでは到底我慢できなくなっていた。

耿惺の熱いもので身体中を埋め尽くしてほしい。

「本当に璃炎さまは!」

次の瞬間、後孔から乱暴に指が引き抜かれ、代わりに逞しい灼熱が擦りつけられた。

「あ……」

熱い感触に思わず吐息をこぼすと、双丘をわしづかみにされる。

「あなたは俺のものだ」

狂おしい言葉とともに、蕩けた蕾に硬い先端がこじ入れられた。

璃炎は息をつく暇もなく一気に最奥まで貫かれる。

「あっ……あああ……あ……」

いやというほど敏感な壁を抉りながら、耿惺の灼熱が最奥までねじ込まれる。

身体中を埋め尽くされた衝撃で、璃炎はあっけなく達しそうになった。

「璃炎……ずっと俺のものだ。あなたほど愛しいと思った人は他にいない」

「あ……耿惺……」

信じられないほど奥深くまでひとつに繋がっていた。背中からしっかり抱きしめられると、本当に身も心も溶け合ってひとつになっていく。

「璃炎！」

耿惺は唸るような声を出しながら、いきなり楔を引き抜いて璃炎の身体を表に返した。そのまま大きく足を開かされ、蕩けきった狭間に再び杭を突き挿される。

「ああっ！」

とたんに、頭の先まで快感が突き抜ける。達したばかりの花芯は、それだけでまた高ぶった。

「ああっ、もっと、もっと強く……抱いて……っ」

熱く喘いだとたん、耿惺は璃炎を抱きしめ、いきなり激しく腰を使い始める。

最奥まで届かせたものをぐいっと引き抜かれ、また勢いよくねじ込まれた。

「あっ……ああっ……あっ」

突かれるたびに耿惺と繋がっている部分が灼けつくように熱くなる。

璃炎は自分からも淫らに腰を動かして、中に入れられた灼熱を貪った。

「璃炎、もっとだ」

「あ、ふっ……ああっ、あっ、あっ……」

耿惺の動きがますます激しくなる。大きく揺さぶられて璃炎は懸命に耿惺にしがみついた。

璃炎の腰を抱え込んだ耿惺がひときわ強く最奥を抉る。

「くっ」

「あああ————っ」

最奥に熱い飛沫が浴びせられ、璃炎は再び高く上りつめた。

愛しい男に縋りつき、思うさま精を吐き出す。

解放の衝撃で頭を朦朧とさせながら、さらに力を込めて耿惺にしがみついた。

「璃炎……俺には最初からあなただけだった。あなただけを愛している」

「耿惺……もう絶対に、離さないで……ずっと一緒に……傍にいたい……」

「もう絶対に離しません。璃炎は俺だけのものだ」

囁いた耿惺にひときわ強く抱きしめられて、璃炎は満足の吐息をこぼしながら、ふうっと意識を手放した。

†

「璃炎、そんなに早く馬を駆けさせると危ないぞ」

隣からそう声をかけられて、璃炎はにっこりと微笑んだ。

「危なくない。気持ちがいい。それに、何かあったら耿惺が助けてくれるだろう？　子供の時と同じで、私をきっと受け止めてくれる」

そう断言した璃炎に、耿惺は何も言わずに微笑んだだけだ。

色とりどりの草花が咲き乱れる野辺は、幼い日に耿惺に連れてきてもらった場所だ。

あの日は耿惺と一緒に馬に乗ったが、今は並んで馬を駆けさせている。

耿惺の馬は栗毛。北方の牧から皇帝へと献上された名馬だ。そして璃炎の馬は葦毛。優美な姿は皇帝の后となった美貌に相応しいものだ。

もちろんふたりきりというわけではない。皇帝を警護する者たちが、少し離れてついてきている。

「耿惺、このあたりだったたな？」

「そうですね」

ふたりはそう言い合って、どちらからともなく馬を下りた。

気持ちのいい風邪が吹き渡り、璃炎はそれを胸いっぱいに吸い込んだ。

幼い日と同じようにその気持ちよさに浸っていると、耿惺が草地でかがみ込んで花を摘み始める。

「耿惺？」

璃炎は期待に胸を躍らせながら、声をかけた。

「あなたに花冠を作ってあげましょう」

「私は、もう子供じゃない……」

璃炎は恥ずかしくなって、思わずそう反論した。

「でも、璃炎の可愛らしさは子供の頃と少しも変わらない」

「それじゃ、いつまでも成長していないようではないか。もう馬で遠出するのも慣れたし、剣だって耿惺が時々稽古をつけてくれるから、相当腕を上げたぞ？　丁玄の館にいた頃とは比べものにならないはずだ」

「そうですね。確かに腕を上げられました」

そう言っている間にも耿惺は手を動かし、見る見るうちにきれいな花冠が出来上がる。

耿惺はそれを手にして立ち上がり、そっと璃炎の頭に載せた。

ゆるやかに波打つ薄い色の髪は、背中まで流してある。

今日は遠駆けをするとのことで、武官と同じように、深衣に軍褌をつけ、革の胸当てもしていた。

しかし勇ましい格好をしていても、凜々しさより可愛らしさが勝る。

花冠をつけた姿は特に――。

「昔、おまえに作ってもらった花冠、落としてしまってすごく悲しかった。だから、もう一度作ってくれて嬉しい」

様々な思い出が頭を巡り、璃炎は改めて今の幸せを噛みしめた。

甘えるように耿惺に身を寄せると、しっかりと抱きしめられる。

「璃炎、あなたのことは、ずっと俺が守る」

「うん、耿惺……ずっと一緒だ」

璃炎はそっと囁いて、逞しい耿惺の胸にうっすら染まった貌を埋めた。

†

大昴国の長い歴史の中で、ひときわ世に知られた賢帝があったという。

賢帝は乱れた世に末永い平和をもたらしたが、生涯ひとりの后だけを愛したという。

だが、この美しい后には子がなく、次の帝位に即いたのは、他から養子に迎えられた者であったとされている。


――了――

あとがき

こんにちは。リリ文庫さんでは、はじめまして。秋山《あきやま》みち花《か》です。

【花冠の誓約～姫君の輿入れ～】をお手に取っていただき、ありがとうございました。本書は中華風のラブロマンスでしたが、いかがだったでしょうか？

あとがきの際、秋山はいつも言い訳をさせていただきます。今回の中華ものも、一応モデルにした時代があるのですが、歴史上の出来事とはまったく関係ありませんので、ご了承ください。作者の頭の中にある中華風世界では、紙は発明されているが、まだ使い物にならない。でも、とってもきれいな染め付けをされた布はあるので、衣装が華やか。こんな感じになっております。なので、中華風ワールドということで、雰囲気を楽しんでくだされば嬉しいです。

そして本書には「中華風味」の他、「幼なじみ」「身分差」「主従」「下克上」「花嫁」など、作者の好き要素をたくさん盛り込みました。主人公の璃炎《りえん》はずっと姫として傅かれてきたので「女装」要素もありますね。しかし衣装に関しては、顕著な男女差がない時代設定なので、こちらはほどほどといったところでしょうか。

それと、忘れてならないのが、本書の攻め主人公耿惺《こうせい》の一途さですね。璃炎は健気。耿惺は一途。こういうカップルは大好きなので、本書も楽しんで書かせてもらいました。

イラストはみずかねりょう先生にお願いしました。耿惺はきりっと凛々しくて、璃炎は美しくて可愛さもある。衣装も素晴らしくて、カバーイラストを送っていただいた時は、うっとりとため息が出ました。執筆途中で体調を崩し、ずいぶんご迷惑をおかけしたにもかかわらず、華やかで麗しい絵を描いていただき、本当にありがとうございました。

お世話になりました担当さまと、本書の制作にご協力くださった方々にもお礼を申し上げます。ありがとうございました。

そして、いつも秋山の書く話をお読みくださる読者さま、本書が初めてという読者さまにも、心からの感謝を捧げたいと思います。数ある本の中から「花冠の誓約～姫君の輿入れ～」をお選びいただき、本当にありがとうございました。少しでも楽しんでいただければ幸いです。また、ご意見、ご感想などいただけると、今後の執筆の励みにもなりますので、ぜひよろしくお願いいたします。

また次の作品でもお目にかかれることを祈りつつ――。

秋山みち花　拝

LiLiK Label

この本を読んでのご意見、ご感想などをお寄せください。
秋山みち花先生　みずかねりょう先生へのお便りもお待ちしております。
〒162-0814 東京都新宿区新小川町 8-7
株式会社大誠社　LiLiK 文庫編集部気付

大誠社リリ文庫
花冠の誓約 ～姫君の輿入れ～

2013 年 11 月 30 日　初版発行

著者　秋山《あきやま》みち花《か》

発行人　柏木浩樹

発行元　株式会社大誠社
〒162-0813　東京都新宿区東五軒町5-6
電話03-5225-9627（営業）

印刷所　株式会社 誠晃印刷

ISBN　978-4-86518-005-3　C0193